나는 거기 없음

나는 거기 없음

○○의 불운의 연대기

곽예인

위고

차례

#1

소문, 전학, 소문

학교에는
새로운 예쁜 여자애가
생겨난다

Scene 1	Object 1

서울

중학교 입학식 날, 앞으로 더 자랄 것을 감안해
크게 맞춘 교복 사이로 찬 바람이 스민다. 으 추워….
새로운 헤어스타일이 사뭇 어색해 고개를 살짝 털어본다.
앞머리가 없는 여자애들은 언니들에게 찍힌다는 소문에
친구들과 함께 미용실로 달려갔다. 우리 같은 '평범한'
애들한테까지 소문이 닿았을 정도면 진짜일 확률이
높으니까. "눈썹 안 보이게 잘라주세요." 간당간당하게
눈썹을 덮은 머리칼이 거슬린다. 왼쪽으론 4반 아이들이,
오른쪽에는 2학년 선배들이 일렬로 서 있다. 교장선생님의
훈화 말씀은 지루하지만, 최대한 가만히 서서 앞에 선
애의 뒤통수만 노려봐야 한다. 자칫 오른쪽으로 고개를
돌렸다가는 눈에 띌 수도 있으니까. 더 이상 사건에
휘말리고 싶지 않다는 게 중학교 생활의 유일한 바람이다.
언니의 조언에 따라 튀는 행동만 하지 않으면 별일
없겠지만, 어떤 재능은 노력의 여부와 관계없이 만개하곤
하니까. 조심해야 한다.

"너가 곽예인이야?" 2, 3학년 선배들이 교실 문 앞을
둘러싸고 있다. ○○초등학교에서 예쁜 애가 들어왔다는
소문이 퍼진 것이다. 나는 어리둥절한 채로 그들에게
인사한다. "네, 그런데요. 안녕하세요." 오오오- 변성기를
지나고 있는 남자애들의 설익은 환호성이 들린다. 교복

바지를 종아리 둘레에 딱 맞춰 수선한 소년이 앞으로 한 발짝 나선다. "너 귀엽다." 더 큰 환호성이 들린다. 이것도 소문이 날까? 2학년 그 선배가 1학년 여자애를 찍었다고. 내일이면 학교에 있는 모두가 나를 알게 될지도 모른다.

◌

　　인터넷소설의 장면들이 이어진다. 2학년 언니들이 나를 둥그렇게 둘러싸고서 묻는다. "네가 뭘 잘못했는지 알아?" 몰라요…. 언니들은 그 대답에 코웃음을 치고서 덜 자란 손을 뻗어 어깨를 밀친다. "야. 네가 뭘 잘못했는지 아냐고." 아니요… 정말 모르겠어요…. 언니들은 가방에서 교과서를 꺼내 들어 머리를 내려친다. 무슨 일이 일어난 건지, 얼얼하다. 책상 서랍에 들어 있던 쪽지를 무시했어야 한 걸까? 그랬으면 더 큰 일이 벌어졌을까? 모를 일이다. 언니들은 다시 묻고 나는 답한다. 그들은 교과서를 바꿔가며 머리를 내려친다. 탁. 탁. 둔탁한 소리가 이어진다.

　　며칠 뒤엔 내게 귀엽다는 말을 한 그 남자 선배와, 힘껏 머리를 내려치던 언니들 중 하나가 사귄다는 소식이 들린다. 내 잘못은 명백하다. 그 선배를 '꼬신' 것이다. 이 소설 속엔 구해줄 남자 주인공도 없다. 어쩌면 주인공이 나라는 게 가장 큰 문제인 것 같다.

"오늘은 늦지 말고 학교 가. 아빠 일하는 중에
전화 오는 거 난감해." 아빠가 나를 화장실에 밀어
넣으며 말한다. 응, 지금 가면 안 늦어. 걱정 마. 아빠는
안심하면서 문을 나선다. 동시에 방으로 들어가 침대에
눕는다. 나는 오늘도 학교에 가지 않을 것이다. 학교에 가
봤자 좋은 일이라곤 하나도 없다.

부재중전화 네 통에 문자도 잔뜩이다. 화가 난
아빠일 것이다. 열 시쯤 담임선생님이 전화를 했을 거고,
아빠는 회의를 하다 전화를 받았겠지. 죄송하단 말과 잘
부탁드린다는 말을 번갈아 한 뒤 내게 전화를 걸었을
것이다. 나는 아빠에게 아프다는 문자를 남기고 핸드폰을
끈다. 잠시 누워서 TV 리모컨을 만지작거리다 냉장고에서
먹을 것들을 주섬주섬 꺼내 먹는다. 벌써 오후 한 시가
되었다. 느적느적 병원에 가서 대충 진료확인서를 받은
뒤, 마지막 교시가 되어서야 교실로 들어선다. 아무도
돌아보지 않는다. 조롱 섞인 수군거림만이 오간다. "쟤
봐", "존나 한심해". "걸레년", "대학생인 줄". 책상에는
"너랑 섹스하고 싶다"는 낙서가 새로이 생겨났다.

긴 터널을 지난다. 8차선의 도로 옆엔 각종 연구소와
학교가 펼쳐져 있다. 고향의 정취에 마음이 놓인다.
어젯밤 확인한 싸이월드 방명록엔 친구들의 메시지가
한가득이었다. 예인, 언제 와? 보고 싶어! 우리 다 널
기다리고 있어. ~.~

교무실 창문 너머로 아이들의 얼굴이 다닥다닥
붙어 있다. 선생님의 입 모양을 보고 몇 반으로 가는지
알아내려는 시도다. 학교 아이들의 과한 대접이다.
폐쇄적이고 조용한 이 동네엔 전학생이 흔하지 않기
때문이다. 게다가 그 전학생이 원래 이 동네 출신의
여자애라면, 과거 그 여자애의 별명이 '연예인'이었다면,
서울에서 최신 유행의 옷차림을 하고서 돌아왔다면. 모두
잔뜩 흥분해 있다. "야 곽예인 4반으로 간대!" 아이들이
소리 지르며 뛰어간다. 선생님은 골치 아픈 일이 생겼다는
표정이다. 긴장된다. 자리 배치표에 어린 시절부터 알던
친구들의 이름이 보인다. 마음이 놓인다.

시간은 빠르게 흐른다. 전학 온 지 벌써 한 달, 내
책상을 빙 둘러싼 여자애들 중 몇은 키티 슬리퍼를 신고
머리엔 컬러 똑딱 핀을 꽂고 있다. 모두 노스페이스 스포츠
백을 들고 다닌다. 우리 사이의 유행이다. 서울에서 온
스타일이기 때문에 따르지 않을 이유가 없다. 대화의

주제는 주로 좋아하는 남자아이나, 남자 아이돌이다.
혹은 여자 아이돌의 몸매나 얼굴, 행실에 대한 이야기를
나눈다. 나는 남자 아이돌의 부인 자리를 선택할 기회를
제일 먼저 얻는다. 여자 아이돌 춤을 출 때도 가장 예쁜
멤버의 자리는 내 차지다. 인기가 많거나 성격이 센
순으로 원하는 자리를 차지한다. 이건 말하지 않아도 아는,
중학생 여자애들 사이의 암묵적인 룰이다. 아이들은 내 말
한마디에 고개를 끄덕이며 모두 '맞다', '똑똑하다' 칭찬을
아끼지 않는다. 아니면 "예인아, 너는 하얘서 좋겠다.
어떻게 하면 하얘져?" 따위를 묻는다.

○

　어느새 숨을 내쉴 때마다 공기에 하얀 김이 서린다.
벌써 반 학기가 지났다. 교복 재킷 위로 두꺼운 패딩을
입은 아이들이 지나간다. '문자왔어용' 알림음에 핸드폰을
연다.

> 너그거들었어너네반여자애들끼리너랑놀지말자고손잡고약속
> 햇대너전학오기전날에

> 지금도애들끼리화장실에서얘기하고잇대김기현이너조아한다
> 해서최은주운대

어떡함우리반애들도다그얘기해

애들이너가꼬셧다고욕하고잇음

메시지 보내기 버튼을 클릭한다.

아니라고말해줄수잇어?

답장은 오지 않는다.

작은 교실 안의 분위기는 순식간에 뒤바뀐다. 쉬는 시간이 되어도 아이들은 더 이상 내 책상으로 오지 않는다. "야 요즘에도 키티 슬리퍼 신는 애 있냐? 존나 촌스러." 나를 향한 말이 분명하다. 여자애들은 더 이상 키티 슬리퍼를 신지 않는다. 똑딱 핀을 하고 다니는 여자애도 나뿐이다. 수업 시간엔 등 뒤로 내용을 알 수 없는 쪽지가 오간다. 속살거림과 키득거림이 뒤통수에 내려와 꽂힌다. 이 은근한 따돌림의 분위기는 점점 번져간다. 여자애들에서 남자애들 사이로, 우리 반에서 전교생 사이로. 그전엔 말 한마디 붙여보지 못해 안달이었던 남자애들이 이제 나를 보며 '박고 싶다'는 희롱을 던진다.

겨울은 지나가고 새 학기가 시작되었다. 새로운 반도, 새로운 친구들도 달갑지 않다. 매일 학교에 부러 늦었다.

어느 날엔 의자를 손에 쥐고 휘두르는 내가 있다. 입술이
부르튼 채로 반대편에 있는 남자애들을 노려보면서.
작게 읊조린다. 나더러 창녀라고 했지, 개새끼들아. 니네
후장이나 조심해. 시발새끼들. 아이들은 소리친다. "야
선생님 불러와! 쟤 미쳤어!"

　　나는 저녁노을을 등지고 걷는다. 수학 학원에 가야
한다. 반성문을 깜지로 써서 낸 탓에 팔이 얼얼하지만
그건 딱히 신경 쓰이지 않는다. 억울한 마음에 눈물이
멈출 줄 모른다. 교무실에 있는 어른들은 아무도 내
말을 듣지 않았다. 저 새끼들이 나한테 먼저 창녀라고
했다니까요? 제가 왜 사과해야 돼요? 저도 맞았어요! 제가
먼저 맞았어요! 왜 저만 혼나는데요? 버릇없이 대든다며
얻어맞은 뺨이 아직도 얼얼하다.

　　마지막 교시가 되어서야 학원에 도착한다. 긴
생머리의 대학생 선생님은 큰 눈을 더 크게 뜨고 나를
본다. "예인아, 무슨 일 있었어?" 다시금 눈물이 쏟아진다.
걔네들이 저보고 대뜸 창녀라고 했는데, 제가 더 혼났어요.
선생님은 말한다. "예인아, 일단 물 한잔 마셔. 아버지도
아시니? 속상하지…." 그 바람에 수업 한 교시가 통째로
날아갔다. 애들이 수군대는 소리가 귀에 날아와 꽂힌다.
내일이면 선생님께 컴플레인이 들어올 게 분명하다.
선생님이 잘릴지도 모른다. 그렇게 된다면 정말 견딜 수
없을 것만 같다. 도망치고 싶다. 걱정스레 붙잡던 선생님을

뿌리치고 집으로 돌아간다. 아빠에게 학원을 그만두겠다고
말한다.

○

　더 이상 학교의 아이들은 내게 말 걸지 않는다. 나는
그저 투명 인간처럼 존재한다. 쉬는 시간 내내 교실 맨
뒷자리에 앉아 책을 읽는다. 학교에선 밥을 먹는 것도,
급식 당번도, 주번도, 체육 수업도 모두 누군가와 같이
해야 하는 일 투성이지만 차라리 혼자인 지금이 낫다고
생각한다. 책상 위엔 '걸레'나 '섹스' 같은 단어도 없다. 내
손으로 지켜낸 나의 평화다.
　학년이 바뀌고, 내 주변에는 새로운 친구들이
있다. "저기 있잖아… 예인아." 누군가 '너를 오해해서
미안했다'며 사과를 전해 온다. 응 괜찮아, 뭐 그럴 수
있지. 대강 답하곤 몸을 돌려 친구들과 수다를 마저 떤다.
　학교에는 매 학기마다 새로운 '예쁜' 여자애가
생겨난다. 그 여자애를 따라붙는 소문들도 즐비하게
이어진다. 책상과 책상 사이로, 화장실과 화장실의 문
사이로, 운동장에 불어오는 봄바람을 따라서, 새 학기의
설렘을 쫓아서. 그 애는 걸레도 되고 여우도 된다. 이
소문은 앞으로 쭉 이어질 것이다. 다음 여자애가 생길
때까지.

애매하게 팔리는 여자애

Scene 1	Object 2

2000년대 인터넷소설에 나올 법한 일을 학창 시절 내내 겪어왔다면, 믿을까? 전학을 간 학교에서 전교생이 나를 보러 몰려오거나, 한 반의 절반은 되는 남자애들에게 고백을 받거나, 누군가가 나를 좋아한다는 이유로 그 애를 좋아하는 애에게 왕따를 당하고 맞기도 하는 일들을. 이런 일들이 매번 벌어졌던 이유는 명확하다. 내가 '팔리는' 여자애라서다. 아니, '애매하게 팔리는' 여자애라서, 탁월하게 아름답거나 탁월하게 섹시하거나 탁월하게 잘난 면이 있는 건 아니지만 어찌 됐든 잘 팔리는 그런 애이기 때문에.

　　'팔리다'라는 단어의 사전적 의미는 '값을 받고 물건이나 권리가 넘겨지는 것'이다. 공기마저 자본화된 이 사회에서는 개인의 매력 또한 '팔리는' 물건이 된다. 온라인에서 사람들은 매력적인 인물을 보면 '잘 팔릴 것'이라고 평가한다. 상품화되는 매력의 범주는 다양하다. 사회적인 미의 기준에 잘 부합할 수도 있고, 돈이 무척 많을 수도, 높은 아이큐와 탄탄한 커리어를 가지고 있을 수도 있다. 이 많은 척도들 중에서도 나의 매력은 바로 '평범함'이다.

　　그렇다. 나는 대체로 '평범'하다. 평범한 얼굴과 몸매에, 평범한 두뇌를 갖고 평범한 환경에서 태어났다. 수치화해보자면, 이십대 여성 평균은 160센티미터, 55킬로그램, 28인치, 235밀리미터, 아이큐 110이다.

나는 164센티미터, 52킬로그램, 26인치, 240밀리미터,
아이큐 115. 평균을 살짝 웃도는 이 숫자들은 나의 적절한
평범함을 가늠할 수 있게 해준다. 이 숫자들은 적당히
귀엽고 적당히 매력 있고 적당히 멍청하다. 이 숫자들은
번식에 적절하다는 것을 증명하지만 배우자로서 열등감을
느끼지 않을 정도로만 훌륭하다(이런 짝은 좋은 트로피가
된다). 이 평범함은 눈에 거슬리지도, 상대방을 압도하지도
않는다. 게다가 이 정도로 적절한 평범함은 흔하지 않다.

　　이런 특징을 가진 연예인들은 '덕후 몰이 상'이라고
불리기도 한다. 평범함이 곧 특별함이 된다는 이야기다.
하지만 '평범함'은 동시에 '쉬워 보인다'는 뜻도 된다. 이는
쉽게 '네가? 감히?'라는 생각으로 이어지기도 한다.

　　덕후가 많고 동시에 미움도 많이 받는 여자
연예인들을 떠올려보라. 남초 커뮤니티에선 그들의 이름
앞에 '그래도 아직'이라는 수식어를 붙인다. 이들이
'그렇게까지 미인이 아니라서' 자신의 여자친구가 되어줄
것 같다는 댓글이 달린다. 그러다 그 여자 연예인들이
열애설에라도 휘말리면 그들은 '아무에게나 대주는
여자'로 전락한다. 여초 커뮤니티에서 그들은 '훈녀생정'의
롤 모델로 자주 등장한다. 그들이 할 법한(그러나 실제로
보여준 적 없는) 행동은 '짝남' 꼬시는 법의 행동 지침으로
소개된다. 그러다가 'ㅇㅇ녀' 등으로 대명사화되어
'여우짓'의 대표 주자로 낙인 찍히기도 한다. 'ㅇㅇ녀'들은

평범하지만 조금은 예쁘기도 한 '귀염 상'의 얼굴을
가졌으며 하얀 피부와 작은 키가 특징이다. 또한 깜냥도 안
되는 주제에, 키 크고 늘씬하고 똑똑하지만 자신의 매력을
잘 모르는 순진한 여자애들을 적대시하며 그들과 그들의
연인 사이를 이간질하고 남자를 꼬시다 모든 게 들켜 대학
생활을 말아먹는 자승자박의 아이콘이기도 하다.

　　이 지독한 이성애 중심주의 세상에서, 사람들이
내게 갖는 편견 역시 별반 다르지 않았다. 나는 많은
이들에게 사랑받는 동시에 미움을 받았다. 한번쯤
헤집어볼 만한, 이겨볼 만한 여자애였다. 남자들은 모두
내가 본인의 신경을 거슬리게 하지 않는 여자친구가
되어주길 바라면서도 나를 '신 포도'로 여겼다. 저
포도는 너덜너덜한 걸레일 거야! 사귀어주지 않았다는
이유로, 매몰차게 거절했단 이유로 열일곱 살의 나를
'일간베스트저장소'에 박제한 애도 있었다.

　　반면 여자들은 나와 친구가 되고 싶다며
다가오다가도 쉬이 돌아서곤 했다. 평범한 주제에 인기가
있는 건 말이 안 되니까. '나보다 못난 네가 인기 있을
리 없'으니까. 내게 반한 건 그 애들의 짝남인데 뺨을
얻어맞는 건 매번 나였다.

　　성인이 되어 잠시 사귀었던 이는 내가 학창 시절에
겪은 일들을 듣고선 이런 말을 했다. "너의 잡초 같은
면이 좋다"고. 밟아도 밟히지 않을 것 같았다나 뭐라나.

밟으면 밟히는데. 그 시절은 내게 너무 큰 상처였는데.
남자애들에게도 여자애들에게도 진절머리가 났는데. 대체
왜 나를 미워할까? 왜 나랑 섹스하고 싶어 할까? 왜 내
얘길 안 들어줄까? 도대체 날 뭐라고 생각하는 걸까? 왜
그랬을까? 내가 크게 잘못된 걸까?

#2

연습실, 섭식장애

아이돌,
인플루언서,
( ) 되기

Scene 2	Object 3

나는 잘나가는 여자 아이돌 멤버다. 무대에 올라 춤을 추고 노래를 부른다. 열광하는 이들을 보며 활짝 웃는다. 그러나 곧 시점이 전환된다. 화면 속엔 아름다운 아홉 명의 여자아이들이 있고, 그 사이에 혼자서만 울퉁불퉁 살찌고 못생긴 내가 있다. "저런 애가 왜 저기에 있는 거야?", "살찌니까 자신감 없어 보이고 동태 같다", "다른 노력하는 애들도 있는데…", "너무 뚱뚱하다". 누군가 나를 보며 말한다. 수치심을 견딜 수 없어 도망쳐보지만, 그런 말을 하는 사람들은 내가 어디 있건 찾아내 카메라를 들이댄다. 숨을 헉헉 몰아쉰다. 눈을 뜨니 고양이들이 곁에서 자고 있다. 꿈이다. 이런 꿈을 꾼 날에는 호흡이 진정될 때까지 한참이고 기다려야 한다.

그다지 빼어난 외모도 아닌데 또래들의 관심이 이어졌다. 나는 이걸 사주팔자 탓이라고 여겼다. 이왕 이런 사주팔자를 타고났다면, 그래서 계속 원하지 않는 인기를 얻는다면, 차라리 돈이 되는 일을 하면 좋을 것 같았다. 아빠와 기나긴 진로 상담 끝에 학원에 등록했다. 아이돌 소속사에서 보컬 트레이너로 근무하는 선생님께 수업을 듣게 되었다. 복식호흡과 발성 연습, 노래에 감정 표현을 하고 리듬감을 키우는 연습… 거기에 피아노와 춤 수업도 들었다. 흐느적거리는 몸과 따라주지 않는 성대에 줄곧 짜증이 밀려왔지만 사람들 앞에 서게 될 내 모습을 상상하면 버틸 수 있었다. 얼마 뒤, 선생님은 자신이 일하는 소속사에서 아이돌 그룹을 낼 예정인데 인원이 필요하다며 내가 노래 부르는 영상을 찍어 갔다.

그렇게 들어가게 된 회사에서 요구하는 건 단 한 가지였다. 노래 실력이나 춤 실력이 아닌, '43'이라는 숫자였다. 163센티미터에 43킬로그램, '키빼몸(키에서 몸무게를 뺀 것)' 120이 되어야 데뷔할 수 있다고 했다. 당시 몸무게가 40킬로그램 후반에서 50킬로그램 초반을 오락가락하던 내 몸에 큰 문제가 있다고 말했다. 상체는 너무 말랐는데 다리가 두꺼워서 코끼리 같고 움직임이 둔해 보인다고, 이래서는 데뷔를 할 수 없다고 했다.

열일곱 살에서 열여덟 살로 넘어가고 있던 나는 아이돌이 되기에 조금 많은 나이라고 했다. 이번이 마지막이라고 생각하라는 선생님의 말씀에 나는 43킬로그램이라는 숫자를 만들어보기로 결심했다. 하루 일과가 새로 짜였다. 기상 시간을 당겨 학교까지 한 시간을 걷고 점심시간에는 운동장을 돌았다. 학교를 마치면 노래 연습을 하고 기록 영상을 찍었다. 저녁에는 수영을 한 시간 했다. 식사는 에너지바 하나를 다섯 번에 쪼개 먹는 것으로 해결했다. 수업 중 배 속이 요동쳐 꼬르륵대는 소리가 밖으로 새어 나갈까 봐 2리터짜리 물병을 들고 다니며 틈틈이 마셨다. 그래도 못 참겠을 때엔 책상에 엎드려서 잠을 청했다.

아침에 눈을 뜨면 체중계 위로 올라가 몸무게를 쟀다.

목표 몸무게를 1, 2킬로그램 앞두고 나니 더 이상 체중이
줄지 않았다. 그래도 혹시나 살이 빠지고 있을지도 모르니
줄자를 들고 가슴, 허리, 엉덩이, 허벅지, 종아리, 발목,
팔뚝의 둘레를 체크했다. 망할 종아리는 여전히 두껍다.
집에 굴러다니던 유리병에 물을 채워 종아리 알을 민다.
시퍼렇게 멍이 들고 통증이 느껴져도 멈춰선 안 된다.
인터넷을 뒤져 종아리 알 축소술을 찾아보다가 못 걸을
수도 있다는 후기를 보고 마음을 다시 다잡는다. 지방흡입
수술이나 카복시 시술 같은 것도 찾아본다. 세뱃돈을
모아둔 통장에 얼마가 있는지 헤아리다가 아빠의 허락이
필요하다는 걸 깨닫고 한숨을 쉰다. 침대맡에 붙여둔 여자
연예인들의 늘씬한 몸매가 내 뚱뚱한 다리를 비난하는
것만 같다.

    (   )는 하얗고 말랐다. 풋풋하고 연약한 모습을
        자랑한다.
    (   )는 아무것도 모르지만 섹시한 소녀의 모습으로
        객체화되어 존재한다.
    (   )는 더운 여름날, 커다란 흰 티셔츠를 입고
        창문을 닦다가 그만 잠이 든다.
    (   )의 뽀얀 얼굴과 목에는 땀방울이 맺혀 있다.
    (   )는 골반에 딱 맞는, 그러나 짧지 않은 교복
        치마를 입고 비에 쫄딱 젖었다.

(　　)는 어쩔 줄 몰라 한다.

(　　)는 '할아부지' 같은 말투를 쓰며 천진하게
　　웃는다.

(　　)는 가끔 누나처럼 성숙한 모습으로 칠십대
　　노인을 달래기도 한다.

(　　)는 가끔 요부가 되어 사십대 아저씨와 능숙한
　　섹스를 하기도 한다.

(　　)는 아무것도 모른다.

(　　)는 모두를 용서하고 사랑한다.

(　　)는 주체가 아닌 객체이기 때문이다.

　　네 콘셉트는 (　　)야. 실장님은 단호한 목소리로 말을
이어갔다. 머리도 자르지 말고 입술엔 틴트만 발라. 살은
더 빼야겠고. 3킬로그램만 더 빼. 안면 윤곽이나 양악도
생각해보자. 덧니는 귀여우니까 내버려두고. 교복 치마도
줄였으면 다시 늘려. 앞머리 자르지 말고. 웃을 때 헤헤
하고 수줍고 해맑게 웃어. 아니 그 느낌 아니고. '헤헤'.
포인트가 있어. 거울 보고 연습해 와. 눈에 힘 좀 풀고
다니고. 야하게. 나른한 느낌 알지. 연구해 와. 너 나이
많은 편인 거 알지? 이게 네 마지막 기회야. 됐어. 가봐.
　　나는 실장님의 말씀대로 (　　)가 된다. 긴 생머리를
유지한다. 하얀 얼굴이 더 하얘질 수 있게 비타민 C를
하루에 여섯 개씩 먹고 선크림을 덕지덕지 바른다. 피부가

타면 큰일이니까. 단추가 벌어지지 않을 정도로만 딱 맞는
와이셔츠에, 어깨선이 둥글게 떨어지는 남색 카디건을
입는다. 손톱의 흰 부분이 보이지 않게 바짝 자른다.

그 노력은 가히 성공적이라고 할 수 있다. 고등학교
선배, 학원 선생님 등의 준 남자 어른들이, "너 그 영화
봤어?", "거기 나오는 애 보니까 네 생각 나더라"라며
은근한 속내를 비쳤으니까.

나는 43킬로그램에, (　)에, 데뷔에 가까워지고
있었다.

○

그러나 일상이 삐걱대기 시작했다. 무언가 먹고
싶어서 미칠 것 같은 충동에 휩싸이는 날들이 늘어갔다.
허벅지를 꼬집고 때리면서 참아보았지만, 편의점에
들어가는 순간 닥치는 대로 과자를 쓸어 담거나 초콜릿을
집었다. 방구석에 숨어 그것들을 흡입하면서도 '더 먹고
싶다'는 집념은 사라지지 않았다. 모아둔 용돈을 털어
아이스크림 가게로 달려가 하프갤런 사이즈를 시켜 들고
돌아오는 길에 피자와 치킨을 주문했다. 느글느글한 속을
달랜답시고 라면을 끓여 먹고 입이 너무 짜단 이유로 시고
단 과일을 먹고… 배가 불러 통증이 느껴져도 먹는 일을
멈출 수 없었다. 먹고 토하면 된다고 스스로 되뇌며 나는

먹고 또 먹었다.

어떤 날엔 아무리 먹어도 구토가 나오지 않았다.
변기 앞에 앉아 한 손으론 머리카락을 쥐고 다른 손으론
칫솔 뒤편을 입에 쑤셔 넣어도 몸이 토하는 것을 거부했다.
그럴 때면 짜장면 한 그릇을 더 시키고, 편의점에 달려가
과자나 빵을 집어 오고, 라면을 두세 개 더 끓였다. 위가
팽창하고 다리가 붓는 게 느껴져도 토할 수 있게 될
때까지 먹었다. 계속 먹다 보면 구역질이 나는데 그때 더
쑤셔 넣으면 비로소 모든 걸 게워낼 수 있다. 위액이 나올
때까지 구토를 했다. 음식을 모두 게워내면 어쩐지 가벼운
기분이 들어 운동복으로 갈아입고 조깅을 했다. 혹시라도
살이 쪘을까 불안감이 드는 날이면 수영장에 가 레인을 몇
바퀴씩 돌았다.

침대에서 일어날 때마다 세상이 노란색으로
번쩍거려도, 노래를 부르다 기절할 것 같은 느낌이 들어도,
길을 걷다 어지럼증에 비틀대도, 배가 아파 위내시경을
몇 번이나 하고 위산에 성대가 상해 목소리가 갈라져도,
몸에 든 멍이 사라지지 않아도, 손의 떨림이 심해 물건을
자주 떨어뜨려도, 춤을 출 때 '힘이 없다'며 호되게 혼나도,
나는 괴롭지 않다고 믿었다. '이번이 내게 남은 마지막
기회'이니까.

인터넷 게시판에 올라온 여자 아이돌 몸매 사진과
그들에게 달린 악플을 보며 목표를 곱씹었다. 텅 빈 몸만이

나를 저 길로 이끌 수 있기에 매일 더 날카로워지는 턱선과
이목구비, 줄어드는 몸무게를 보며 고통을 달랬다. 몸무게
정체기가 찾아오면 입이 바싹 마를 때까지 침을 뱉었다.
1그램이라도 더 줄이고 싶었다.

　나는 점점 스스로가 무엇인지 알 수 없다고 느꼈다.
마른 몸에 대한 강박과 소속사에서 만들어준 이미지에
대한 강박은 또 다른 강박으로 번져갔다. 사람들과
손을 잡거나 같은 물건을 쓰고 난 뒤 항상 손을 씻었다.
친구들이 내 물통에 입을 대고 마시면 물을 모조리 버리고
새로 담아 마셨다. 그리고 누군가 이런 내 모습을 보고
'알고 보니 그런 애'였다며 손가락질을 할까 봐 그래서
내가 간절히 원하고 있는 데뷔가 물 건너갈까 봐 불안함에
떨었다.

　집에 혼자 있던 날, 샤워를 하다 쓰러졌다. 눈을 떠
보니 두 시간이 흘러 있었다. 이대로 가다간 분명 말라서
죽든지 미쳐서 죽든지, 확실히 죽을 거라는 예감이 들었다.
그제야 이 모든 일들을 그만두기로 결심했다.

여전히 수많은 아이돌 그룹이 쏟아져 나온다.
소속사들은 각기 다른 매력을 가진 아이들을 찾아
무대로 올려 보낸다. 사람들은 아이돌들의 모습을 보며

'타고났다'고 말한다. 그들의 마른 몸도, 그들의 완벽한 성격도, 귀여움도, 사랑스러움도. 나 역시 그들을 좋아하는 대중의 입장에 서서 그들의 타고난 지점들에 감탄한다. 그러나 한편으론 자꾸 궁금해지는 것이다. 그들은 몇 킬로그램을, 어떤 (   )을 부여받았을까. 누구처럼 웃고, 누구처럼 행동하고, 누구처럼 보이기 위해 노력하고 있을까. 그들의 '타고남'은 정말 그들의 것일까? 사랑스러움을 위해 어떤 것들을 포기했을까? 그 간극에 대한 괴리감은 해소되고 있을까? 이질감에 괴롭진 않을까? 정말… 괜찮을까?

빠르게 찍히는 좋아요

Scene 2	Object 4

시대는 빠르게 변한다. 좋아하는 애와 비밀 다이어리를 만들어 교환 일기를 주고받던 게 엊그제 같은데, 벌써 페이스북은 한물간 소셜미디어가 됐고 인스타그램은 새로 등장한 틱톡에 뒤처지지 않기 위해 숏폼 콘텐츠에 주력을 다하고 있다.

페이스북이 처음 나오던 시절, 십대였던 나는 번역조차 되지 않은 페이스북에 누구보다 빠르게 가입했다. 좋아하는 외국 연예인의 소식을 받아보기 위해 시작했던 것이 친구들 사이에서도 유행하기 시작했다. 매일 하교 후 친구들과 함께 '페이스북 테트리스 배틀'을 하고 페이스북에 짤막한 글을 쓰고 서로 '좋아요'를 눌렀다. 싸이월드의 '퍼가기' 기능처럼 복잡하지 않은 좋아요에 열광한 건 우리뿐만이 아니었다.

새로운 부류의 인기인들이 등장했다. 여태껏 봐왔던 인터넷 속의 인기인들은 여초 카페에 올라온 일반인 훈녀라든가 아프리카TV의 비제이, UCC 스타 등 소규모의 사람들이 즐기는 콘텐츠 속 인물들이었다. 그러나 '페북 스타'들은 달랐다. 그들의 존재는 십대, 이십대 사이에서 새로운 문화로 번졌다. '귀요미송'이라는 영상이 인기를 끌고, 사람들은 'ㅇㅇ커플'이라는 애칭으로 불리며 자신들의 연애 생활을 올리고, 각종 여행/사진 등의 커뮤니티에서 활발히 소통했다.

나는 그 안에서조차 여전히 '팔리는' 사람이었다.

스무 살이 되자마자 떠난 제주도 여행 사진을 여행 커뮤니티에 올렸다. 제주도 바다에서 흰 원피스를 입고 해맑은 웃음을 지으며 서 있는 여자아이는 사람들이 '좋아요' 할 만한 이미지다. 친구 수와 팔로워 수가 점점 늘어간다.

빠르게 찍히는 좋아요는 중독적이다. 사람들은 내게 "예쁘다", "귀엽다" 같은 안전한 말만 했고 간혹 악플이나 성적인 메시지를 받으면 '차단' 버튼을 눌러 그들을 삭제할 수 있었다.

나는 좋아요를 위해 아르바이트를 늘리기 시작한다. 주말 빵집 아르바이트를 시작으로, 주말 저녁 카페, 주중 야간 치킨집, 대학생 멘토링 등 학교에 나가지 않는 시간을 모조리 아르바이트에 쏟는다. 긴 휴일이 찾아오면 그렇게 번 돈으로 여행을 떠나고 사진을 찍는다. 셀카봉은 필수다. 학점은 추락하기 시작했지만 좋아요는 점점 늘어갔다.

방학이 되자 모아둔 돈으로 아이폰 6를 샀다. 나머지 돈으론 고등학교 친구들과 함께 동남아 일주를 떠났다. 아침마다 두껍게 화장을 하고 셀카를 찍는다. 저녁엔 쨍한 필터를 걸어 사진을 보정한다. 여행 커뮤니티에 사진들을 업로드하면 좋아요와 팔로워가 또다시 늘어난다. 사진 좀 그만 찍자는 친구들의 말은 귓등으로도 안 듣는다.

첫사랑과 만나기 위해 갔던 상하이에서도 마찬가지였다. 그는 약속 당일 나타나지 않고 메신저로

편지를 찍은 사진 한 장만 달랑 보냈다. 그 안에는
사정이 생겨 오늘 밤 한국으로 급히 돌아가게 되었다는
내용과, 본인이 유학 생활을 하며 사랑하게 된 상하이의
구석구석이 빼곡히 적혀 있다. 슬픔이 몰려왔지만 감상에
젖을 시간 따위는 없다. 나는 빠르게 발을 굴러 상하이의
이곳저곳에서 사진을 찍는다. 와이탄의 야경 앞에 서니
문득 서글펐지만… 같이 사진 찍어달라며 다가오는 중국인
가족들에 의해 금세 사라질 감정이다. 새로운 경험을 여행
커뮤니티에 업로드할 생각을 하니 신이 날 뿐이다.

좋아요 수는 점점 늘어 실체로 나타나기 시작한다.
빼곡히 쌓인 메시지함 사이로, 유튜브 콘텐츠의 리포터를
해주지 않겠냐는 제안이 보인다. 아이돌 콘서트 DVD를
만들던 회사에서 시대의 흐름에 발맞춰 야심 차게 시작한
사업이라고 한다. 처음 받은 돈은 종합소득세 3.3퍼센트를
포함한 돈 5만 원. 당시 시급이 5천 210원이었으니,
5만 원은 카페에서 딱 붙는 정장 스커트를 입고 발이
부르트도록 종일 서빙해야 받을 수 있는 돈이었다. 그
돈을 단 세 시간 동안 카메라 앞에서 떠들기만 하면 벌 수
있다는 것이다. 게다가 공짜로 페스티벌도, 영화도, 여행도
가능하다니? 이 얼마나 좋은 기회인가. 꿀알바도 이런
꿀알바가 없다.

회사는 감성적이며 꿋꿋한 밝은 소녀 이미지를
만들어 내게 입힌다. (　)가 되라던 아이돌 소속사의

조언과 크게 다르지 않아 보였지만, 인터넷이란 건 창을
닫으면 끝나는 세상이 분명하기에 크게 거리낄 것도
없었다. 분홍색 니트와 청치마를 입고 마이크를 찬다.
지나가는 사람들을 쫓아가 인터뷰하고 길거리 음식을
맛보며 리액션을 한다. 깨발랄한 여대생의 이미지는
소셜미디어에서 재빨리 유통된다. 석 달쯤 지나자,
팬이라며 메시지를 보내는 사람들이 생겨난다. 오랫동안
염원하던 꿈이 이뤄지는 순간이다. 나는 수줍게 웃으며
'감사합니다' 하고 인사한다.

　　빠른 속도로 돈이 쌓여간다. 신생 화장품 회사의 팩
광고가 들어온다. 페이스북 팔로워가 고작 2천 명인데도
무려 5만 원의 여섯 배가 되는 30만 원을 주겠다고 한다.
여행 어플 모델, 유튜브 콘텐츠 패널 등 다양한 호재로
이어진다. 통장 잔고가 두둑하다. 더 이상 아르바이트를
하지 않아도 괜찮을 정도의 수입이다. 새로운 소셜미디어
마케팅 팀에서도 연락이 온다. 큰 기업의 대외활동에도
수월히 합격한다.

　　이미지를 팔아 버는 돈은 너무나 달콤하다. 나는
본격적으로 이미지 노동자의 길로 들어서기로 다짐한다.
다만 엄청난 셀럽은 되고 싶지 않았다. 딱 2천에서 1만
사이의, 이쪽 분야 사람들은 "아, 걔?" 하는, 한 달에
한두 개 협찬을 받고 석 달에 하나쯤 광고가 들어오는,
그 정도의 사람이 되고 싶었고 딱 그렇게 될 것 같았다.

그리고 내 예상은 적중한다.

○

　나는 스스로의 페르소나를 마음껏 만들어낸다.
솔직한 나를 절반, 조금은 거짓말인 나를 절반
섞어 상품화한다. 페이스북에서 인스타그램으로,
인스타그램에서 틱톡으로 넘나든다. 그 안에서 나는
여행 소녀, 건강 섹시 위홀녀, 삭발 힙스터, 홍콩 감성
헤테로 커플, 오타쿠 레즈비언 등 무엇이든 될 수 있다. 이
캐릭터들은 매번 사람들의 니즈를 충족시킨다.
　이미지 노동은 나를 좋아해주는 사람들과도 긴밀하게
연결되어 있는 것처럼 느껴지게 만든다. 당연하다. 내가
그들의 관심사와 취향에 적중하는 콘텐츠를 만들어내고,
그들의 심기를 거스를 일도 하지 않기 때문이다. 나는
그들의 통제 아래서 그들이 원하는 이미지만 만들어내면
된다. 그러면 그들은 응원을 멈추지 않는다. 그들이 누르는
좋아요는 돈이 된다. 그렇게 나를 구매한다.
　아주 가끔은 핸드폰을 꺼도 끝나지 않는 무언가가
있는 것 같다. 페르소나가 나를 잡아먹은 것만 같다고
느낀다. 팔로워들은 말한다. 우울한 글을 쓰지 말라고.
우리가 여행 소녀에게 바라는 건 힐링이라고. 삭발하고서
화장하면 메시지가 왔다. 탈코하신 거 아니었냐고,

실망이라고. 자주 가는 바에서 말을 거는 '팬'을 자처하는 이에게 살갑게 대해주지 않으면 금세 소문이 돌았다. 그 사람은 싸가지가 없다고. 나를 아끼는 지인은 남자친구와 함께 다닐 땐 사람들이 너를 알아볼 수 없게 완전히 다른 스타일의 옷을 입고 다니는 게 어떻겠느냐며 조심스러운 조언을 건넸다. 혹시라도 '패션 레즈비언'으로 오해받을 수도 있기 때문에.

팔로워들은 모두 나의 페르소나가 '진짜'고 진짜 나는 가짜이길 바라는 것만 같았다. 나머지 절반의 솔직함을 조금이라도 꺼내려 하면, 그들은 재빠르게 언팔로우 버튼을 눌러 그들의 세상에서 나를 삭제했다. 나는 그들이 원하는 이미지를 제공하는 노동으로 돈을 버는 게 분명했는데도, 나의 노력은 노동으로 존중받지 못하고 있었다. 나는 그들을 향해 목이 터져라 소리치고 싶었다. 나의 노동을 인정해달라! 너네도 회사 갔다 집에 돌아가면 편하게 있지 않느냐! 나의 단면만 보고 나를 다 안다고 말하지 마라! 여행 소녀도 자살하고 싶다! 건강 섹시녀도 내향적일 수 있다! 삭발녀의 삭발은 4년 된 남자친구와 함께 민 것이다! 풍성한 공주 드레스가 입고 싶은 날이 있다! 사실 90퍼센트 레즈비언에 엉망진창이다!

모니터 너머로 소리가 샐 일은 없다. 나 역시 핸드폰을 끄면 없는 존재이기에.

#3

호주, 발리, 타이완, 어디든

먹고, 기도하고…
도망쳐라

Scene 3	Object 5

서핑보드 위에 앉아 수평선을 바라보고 있다. 곧 우기가 시작된다는 게 믿기지 않을 만큼 맑고 쾌청한 날이다. 피부는 뜨겁게 익어가고 있다. 볼 언저리에 생긴 옅은 화상이 따끔거린다. 하지만 기다려야만 좋은 파도를 만날 수 있다는, 강사가 해준 말을 곱씹는다. 저 멀리서 첫 번째 파도가 다가온다. 첫 번째 파도는 강하고 빠르게 부서지니 되도록 피하는 게 좋다. 파도를 넘어가기 위해 양팔로 빠르게 노를 젓는다. 두 번째 파도는 이 바다에서 오래 산 사람들의 것이니 양보해야 한다. 바다에서의 예의다.

오랜 기다림이 계속된다. 단 한 번일지라도 최상의 파도를 잡기 위한 일이다. 저 파도는 크지만 금방 부서져서 섣불리 잡았다가는 바닷속으로 고꾸라질 게 분명하다. 저 파도는 깨끗하고 길게 해변을 향해 나아갈 것이지만 크기가 작은 탓에 보드가 힘을 받기 어렵다. 좋은 파도가 없다면 몇십 분이고 기다려야 한다. 기다림이 지루하진 않다.

시선을 저 멀리 고정한 채로, 친구가 된 이들과 함께 시시덕거린다. 그들은 바다에는 '카르마'라는 게 존재한다고 말했다. 카르마? 그게 뭐야? "네가 서핑보드에 발이 긁힌 것도, 좋은 파도를 잡는 것도 다 너의 어떤 행동 때문이란 거야." 한국말로 업보라는 거군. "업보?" 응 비슷한 뜻이야. 우리는 짧은 단어들을 이어가며 대화를 주고받는다.

문득 장난기가 샘솟아 보드에 올려둔 발을 바다에
담근 뒤 힘차게 차올린다. 차갑고 짭조름한 물방울이
친구들의 몸 위로 쏟아진다. 자 이건 네 카르마야. 바다는
공평해! 우리는 함께 낄낄댄다.

스물두 살 여름, 나는 짧은 호주 생활을 접고 발리로
향했다. 우연히 서핑 다큐멘터리를 보고 파도를 탄다는
일에 로망이 생겨버렸다. 당시 만나던 애인 존과 언젠가
발리에 갈 수 있으면 좋겠다며 매일 밤 이야기를 나눴다.
얼마나 먼 미래일까? 상상의 시간은 즐거웠다.

발리에 발을 디딘 것은 나 혼자였다. 계기는 그와의
싸움이었다. 그는 여느 때와 같이 고래고래 소리를 지르며
폭언을 내뱉었다. 기억도 나지 않는 사소한 일이 이유였다.
그는 소리쳤다. 너는 나를 '무시'한다고, 자기를 '병신'
취급한다고. 단어 사이사이 육두문자를 붙여가며 말했다.
평소 같았으면 그의 분노가 사그라들 때까지 기다렸다가
대화를 시도했겠지만, 그날따라 더 이상 견딜 수가 없다고
느꼈다. 고함을 뒤로한 채 엉엉 울며 여권을 찾았다. 내
여권 어딨어? 되뇌며 좁은 방 안을 빙빙 돌았다. 여권은
캐리어 구석에 박혀 있었다. 곧바로 핸드폰을 집어 들어
발리행 비행기표를 끊었다. 그에게서 멀리 떨어져야만 이
굴레를 벗을 수 있을 것 같단 확신이 들었다.

며칠 뒤의 나는 발리에 있다. 발리의 사람들은

친절하고 자유롭다. 나는 하루의 대부분을 물속에서
보낸다. 아침에는 게스트하우스의 수영장에 서핑보드를
띄우고 보드 위에서 일어나는 연습을 한다. 몇 번이고
물속으로 고꾸라진다. 연습이 끝나면 간단히 물기를
닦고 점심을 먹으러 나선다. 3달러짜리 페퍼로니 피자를
파는 가게에 간다. 찌는 듯한 더위에 잔뜩 지친 얼굴을
한 점원이 있다. 안녕. "오 미아! 안녕, 오늘도 그거 먹을
거야?" 응! 부탁해. 짧은 대화를 마친다.

　어느덧 이른 오후다. 호주에서 사 온 검정 스윔수트를
입은 채로 몸보다 두 배는 큰 서핑보드를 이고 아스팔트
위로 발을 딛는다. 길가의 오토바이들은 서핑보드를 든
사람들을 요리조리 피해 다닌다. 발리에서만 볼 수 있는
광경이다.

　모래사장 위에서 간단한 준비운동을 마치고 물속으로
걸어 들어간다. 물이 정강이 부근까지 들어차니 강사는
사람들을 멈춰 세운다. "본격적으로 파도를 타기 전에
먼저 일어서는 법을 터득해야 합니다. 하나, 둘, 셋을
외치면 셋에 일어나세요. 연습해봤죠? 수영장보다 조금
더 어려울 겁니다. 반복하면 해낼 수 있어요." 사람들은
결의에 찬 얼굴을 하고선 파도를 기다린다. 파도가 왔을 때
일어선다. 다시금 고꾸라진다. 한 번, 두 번… 세 번. "와!
저길 봐! 미아가 성공했어. 우리 모두 박수를 쳐주자."
사람들이 나를 보고 있다. 쑥스럽지만 동시에 벅차올라 배

속이 간질거린다. 내가 해냈어. 나의 성취는 값진 거야. 발리에서 살아보자고 결심하는 순간이다.

바다 안에서만큼은, 내가 얼마만큼 아름답고 매력적인지는 중요하지 않았다. 여태까지와는 다른 방향으로 나를 봐주는 장소가 나타난 것일지도 모른다.

이런 나의 바람은 얼마 가지 않아 깨지고 만다. 더 오랜 기간 발리에 머물기 위해 장기 대여용 숙소를 빌린 뒤, 관광객이기만 했던 시간과는 퍽 다른 경험들이 이어졌다. 발리의 밤은 무법 지대였다. '열 시가 넘으면 아시안 여자는 혼자 돌아다니지 않는 게 좋다'는 게스트하우스 스태프의 말은 인종차별이 아닌 충고였던 것이다. 편의점에 잠시 들렀다 돌아가는 길에 약에 취한 백인 남자들이 쫓아와 캣콜링을 하는 일쯤은 양반이었다. "How much"라며 말을 거는 남자들은 인종 불문이었다. 손목을 쥐어 잡힌 채로 질질 끌려다니다 신혼여행을 온 중국인 부부에 의해 구출되기도 했다. 밤이 찾아오면 숙소 문을 걸어 잠그고 의자를 문고리 밑에 비스듬히 세워뒀다. 혼자 숙소에 갇혀 벌벌 떨며 해가 뜨기만을 기다렸다. 스스로의 힘으로 파도를 잡기 전까지는 발리를 떠나고 싶지 않았지만, 가능할지 모르겠단 생각뿐이었다.

"나도 발리에 갈까?" 발리 생활 3주 차가 될 무렵 존으로부터 메시지가 왔다. 나는 메시아의 부름을 들은 종교인처럼 절박해져 발리가 얼마나 아름다운 곳인지 설명하기 시작했다. 존이 소리를 질렀던 것, 욕을 했던 것, 운전을 거칠게 하는 것, 그 무엇도 중요하지 않았다. 당장 이곳의 밤을 버틸 수 있는지가 더 시급한 문제였다. 그가 발리에 오던 날, 나는 공항까지 마중을 나갔다.

바다는 공평할지라도

Scene 3	Object 6

그와 함께하는 발리는 다른 세상 같았다. 더 폭넓은 자유를 누릴 수 있게 되었다. 함께 지내기 위해 찾은 숙소는 외진 곳에 있었지만 전에 있던 곳보다 저렴했고 넓었다. 아끼게 된 돈으로 오토바이를 빌렸다. 굳이 우버를 부르지 않아도 마트에 갈 수 있었다. 저렴한 시장을 찾아냈다. 식비도 줄었다. 발리의 구석구석을 여행할 돈이 생겼다. 가까운 주유소에서 오토바이 연료를 채운 뒤 떠나기만 하면 됐다. 교통비가 절약되자 쓸 수 있는 돈이 또 늘었다.

서핑 교습을 연장했다. 하루에 두 번씩 바다로 나가 서핑을 했다. 바다 위에 둥둥 떠 있다 보면 하나둘 친구가 생겼다. 친구들은 파도 읽는 법을 알려주었다. 나는 9미터짜리 파도를 스스로 잡아 타기도 했다. 가시지 않는 흥분감에 밤잠을 설치며 생각했다. 이제 내게도 안락함이라는 게 생겼구나. 그가 다시금 화를 낸대도 버틸 수 있을 것만 같았다. 혼자였던 시기에 겪은 공포감에 비하면 그건 아무것도 아니었다.

시간이 흘러 쨍쨍하던 발리의 태양은 자취를 감췄다. 본격적인 우기였다. 찌는 듯한 더위와 습기는 음식을 빠르게 상하게 했다. 물살의 방향이 바뀐 탓에 건너편 섬에서 넘어온 쓰레기가 바다 위를 떠다녔다. 우락부락한 근육을 자랑하던 존은 생각보다 허약 체질이라 바로 탈이 났다. 그는 2주간 숙소에 갇혀 똥을 싸거나, 누워서

성질만 부렸다. 내가 그를 피해 바다로 달아나면, 친구들은
내게 물었다. "존은 오늘도 안 왔어?" 응 아직 아파.
"발리(Bali)의 복통(bellyache)은 무서워." 낄낄낄.

○

혼자만의 바다를 즐긴 지 얼마 되지도 않았는데
사건이 터져버렸다. 6미터에 달하는 파도가 밀려오는
날이었다. 서핑 강사와 함께 깊은 바다로 나갔다. 나는
한껏 긴장한 채로 수평선을 바라보고 있었다. 그가 보드를
돌려 가까이 오더니 곧바로 내 어깨를 움켜쥐며 말했다.
"긴장하지 마, 그저 같은 파도일 뿐이야." 나는 알겠다고
대답한 뒤 보드를 돌려 그에게서 조금 멀어졌다. 그는
서핑보드에서 내린 뒤 헤엄쳐 다가왔다. 물속에 있는
내 손을 꼭 잡아 쥐었다. 나는 있는 힘껏 손을 비틀어
빼냈다. 그는 자기의 빈손을 그냥 두지 않았다. 내
허벅지를 쓰다듬으며 말했다. "앞을 봐. 파도가 오잖아."
나는 욕지거리를 뱉지도 못한 채로 컨테이너만 한 물살에
휩쓸렸다. 몸이 빙글빙글 돌았다. 리쉬(서핑보드와 몸을
연결하는 줄)가 팽팽해져 발목이 쓰라렸지만, 모든 감각이
어깨와 손과 허벅지의 불쾌감에 집중되어 있었다. 시발….
그토록 사랑하던 바다가 두려워졌다. 그길로 물에서
빠져나와 보드를 버려두고 숙소로 돌아갔다. 배탈이

났다는 핑계를 대고 교습에 나가지 않았다.

　일주일이 지난 후에야 서핑 교습소에 문자를 보낼
수 있었다. 그 강사가 내 허락 없이 내 몸을 만졌다고.
어떻게 해주길 바라냐는 답변이 왔다. 보복이 두려워
그를 자르라고 말할 순 없었다. 그저 그와 부딪히는 일이
없게 해달라는 부탁만이 할 수 있는 전부였다. 교습소에선
그렇게 해주겠다고 말했고, 나는 안심하며 다시 바다로
나갔다. 하지만 문제는 이제부터 시작이었다.

　바다 위의 친구들이 변해 있었다. 나와 눈 마주치기를
꺼렸다. 친하다 생각했던 친구는 아무리 말을 걸어도
무시로 일관했다. 교습소의 강사들은 내가 지나갈 때마다
'길라(Gila)'라며 수군대고 웃었다. 무슨 뜻이냐 물어보면
'예쁜 여자'라는 뜻이라고 답했다. 찜찜했다. 자주 가던
피자집의 직원에게 물었다. 'Glia'가 무슨 뜻이야?

　"아, 그거 'crazy'를 뜻해."

 **Mia_yeinkwak**

I was the victim. Two weeks ago, an instructor at my
surfing school touched my inner thigh and attempted to
massage my hand. It was very unpleasant for sure since I
never permitted him to touch me. So I reported about the
occurrence of this sexual harassment. However, after my

complaint, almost every instructors have changed their attitudes upon me. One of them slighted me and others humiliated me saying "Gila", laughing towards me when I passed by. When they call someone "Gila", it means that he/she is crazy. But I didn't do anything "crazy". After that incident, I didn't want to go surfing anymore and it felt painful to even think about surfing. It traumatized me. If he didn't want to be warned, he was not supposed to touch my body without my consent. And I know that he already has been showing similar behavior to other women. However, he's pretending to be a victim in this situation. Now from his shameless attitude, I see that telling my surf school not to fire him was a mistake.

#surfergirl #surfing 번역하기

ㄴ 나는 피해자였다. 2주 전에, 서핑 학교의 강사가 내 허벅지를 만지고 내 손을 마사지하려고 했습니다. 나는 그가 나를 만지는 것을 절대 허락하지 않았기 때문에 그것은 확실히 매우 불쾌했다. 그래서 나는 이 성희롱의 발생에 대해 보고했다. 하지만 제가 불평을 한 후, 거의 모든 강사들이 저에 대한 태도를 바꾸었습니다. 그들 중 한 명은 나를 무시했고 다른 사람들은 내가 지나갈 때 나를 향해 웃으며 "길라"라고 말하며 나를 모욕했다. 그들이 누군가를 "길라"라고 부르는 것은 그/그녀가 미쳤다는 것을 의미합니다. 하지만 나는 "미친" 행동을 하지 않았다. 그 일이 있고 난 후로, 나는 더 이상 서핑하러 가고 싶지 않았고 서핑에 대해 생각하는 것조차 고통스러웠다. 그것은 나에게 충격을 주었다. 만약 그가 경고

받고 싶지 않았다면, 그는 내 동의 없이 내 몸을 만져서는 안 되었다. 그리고 나는 그가 이미 다른 여자들에게 비슷한 행동을 했다는 것을 안다. 하지만, 이 상황에서 그는 피해자인 척하고 있어요. 이제 그의 뻔뻔한 태도에서, 나는 서핑 학교에 그를 해고하지는 말라고 한 것이 실수였음을 알 수 있다.

#여자애 #서핑

2017년 11월 12일

⬤ **Mia_yeinkwak** "Without permission" 번역하기

ㄴ "허락 없이" 227주 전

⬤ **riri_thesufer** 공감합니다. 여성 서퍼가 겪는 최악의 문제라고 여깁니다. 입문한 지 얼마 안 된 초보인 데다가 젊은 여성에게 도움을 핑계로 안 좋게 접근하는 남자들 허다하죠. 심지어는 아빠뻘 되는 사람이 추근대고, 바다 안에서 아무렇지 않게 성희롱적 발언을 일삼고... 분명 깨어 있는 삶을 지향하며 하는 서핑일 텐데, 기본적인 인격적 소양을 갖추지 못한 사람들로 인해 서핑 자체에 회의감이 들었어요. 젊은 세대의 서퍼들이 늘어나면서 이런 환경이 개선되길 소망합니다. 227주 전

ㄴ **Mia_yeinkwak** 좋고 즐겁자고 하는 서핑에서조차 이런 일을 겪을 때면 현타가 와요 ㅎㅎ 대부분의 남성 서퍼들이 서핑을 하면서 평생 겪지 않을 일인데, 반대로 여성 서퍼들은 서핑 외의 삶에서도 겪고 있는 일이니까요... 227주 전

미친 모습을 보여줄 수조차 없었다. 나는 드넓은 바다 위에 떠다니는 생리대 찌꺼기처럼, 모두가 꺼리는 존재가 된 후였으니까. 이것이 그들이 말하던 '카르마'인가? 내가 서핑보드에 긁혔던 것도, 좋은 파도를 잡았던 것도, 그 새끼가 내 몸을 만진 것도, 다 나의 어떤 행동 때문이라고? 개소리다. 카르마가 존재한다면 그 새끼는 진작에 잘렸어야 했다. 그의 손도 눈도 잘렸어야 했다. 존재조차도 다 갈려 없어져야 했다. 존이 욕을 내뱉을 때마다 그의 성대도 함께 잘렸어야 했다. 자신이 쌓아온 어떤 행동 때문에 벌을 받는 게 카르마라면, 벌을 받는 건 그들이어야 했다. 하지만 그들에게는 아무런 일도 일어나지 않았다. 오로지 내게만, 어떤 사건들이 벌어지고 있었다. 마음의 한 부분이 힘껏 도려내지고 있었다. 우정을 쌓아가고 있다 믿었지만 그들 눈앞에서 단지 '따먹고 싶은 동양인 여자'로 존재했다는 사실에 신물이 났다. 아름답던 발리의 파도마저 지긋지긋했다.

바다는 공평할지라도, 사람들은 공평을 모른다. 나는 도망치듯 발리를 떠나 대만으로 향했다.

58

잘 수 있는 여자
그리고
오빠 있는 여자

Scene 3	Object 7

"대만은 아름답지. 얼마 전에 동성 결혼이
법제화됐잖아. 대만의 자랑거리는 밤중에 무방비하게
잠들어도 아무도 건드리지 않는다는 거야(훗날 찾아보니
사실이 아니었다. 그가 무관심해서 잘 몰랐을 뿐). 여성이라고
함부로 대하지 않아."

버스를 타고 도착한 시골에서 택시를 잡아탔다.
기사는 나와 존에게 대만엔 처음인지 등 이것저것을
물어보다 대만의 자랑거리들을 줄줄이 늘어놓았다. 그의
말대로 대만은 아름다웠다. 수도인 타이베이 곳곳에
무지개 깃발이 펄럭였고 그즈음 나의 퀴어 친구들은
결혼식을 올렸다. 대만의 바다에선 나를 미친 여자라고
부르는 이들도 없었다. 눈이 마주치면 그저 어디서 왔는지,
서핑을 얼마나 했는지 물어보는 게 전부였다.

적은 내부에 있었다. 바로 존이었다. 그는 언제나
화나 있었다. 갖은 설득에 넘어가 도착한 대만이 자기가
생각하던 만큼 좋지 않아서일까? 주머니 사정이 빠듯해진
게 문제였을까? 그는 하루 종일 잠을 자거나 유튜브를
봤고, 그러다 질리면 싸움을 걸었다. 싸움의 주제는
다양했다. 내가 밥을 많이 안 먹는 게 눈치가 보인다며,
자기도 같이 적게 먹느라 근육이 빠진다고 화를 냈다.
식비를 먹는 양에 맞춰 5 대 5가 아닌 7 대 3 정도로 걷는
건 어떠냐고 권유하면, 돈 없다는 소리를 하게 만든다고
소리를 지르는 식이었다. 명백한 분풀이였다.

존을 처음 만난 건, 대학 휴학 후 영어 공부가
하고 싶어서 갔던 필리핀의 한 어학원에서였다. 휴양과
공부라는 두 마리 토끼를 잡기 위해 가는 타 지역의
어학연수와는 달리, 이 지역으로 어학연수를 온 사람들은
외국어 능력 향상이라는 명확한 이유를 가지고 있었다.
비행기에서 내려 여섯 시간 동안 차를 타고 가야 하는
데다 고산지대라 교통이 어렵고, 마땅히 놀 곳도 없었다.
그래선지 십대 후반에서 이십대 초반보다는 이십대
후반에서 사십대까지의 연령대가 대부분이었다.

정해진 루트에 따라 사는 것만이 성공이라 배워온
나는 새로운 삶의 방향성을 가진 '어른'들을 만나 들떠
있었다. 나이에 얽매이지 않고, 하던 일을 관두고 도전을
한다고? 나이 강박이 심했던 내게는 특히나 충격적이었다.
아이돌 데뷔라는 궤도에서 이탈한 뒤로 이십대 중반
이후의 삶을 상상하는 것이 어려웠는데 그걸 해내는
사람들이 여기에 있었다. 직장을 때려치우고 캐나다로
워킹홀리데이를 떠나기 전 이곳에 왔다는 28세의 릴리도,
외항사 스튜어디스라는 오랜 꿈을 위해 큰맘 먹은 32세의
수지도, 직장에서 더 높은 직급에 오르기 위해 공부한다던
25세의 조이도, 마닐라에서 미용실을 차리는 게 꿈이라던
상하이 유지의 딸 27세 제시카도, 잠시 쉬기 위해 왔다던

45세의 모니카도, 호주 영주권을 준비한다던 토마스도, 미국의 간호사가 된다던 제이슨도 모두 스스로 삶의 궤도를 그려나가고 있었다.

존 역시 그 멋진 사람 중 하나였다. 홍콩에서 유학하다 자유롭게 살아보기 위해 자퇴를 선택했고 워킹홀리데이를 갈 계획이라고 했다. 본인은 위아래를 따지지 않는다며, 오빠라고 부르지 않아도 괜찮다고 말했다. 매일 헬스장에 들러 운동을 하며 이건 스스로와의 약속이기 때문에 하기 싫어도 하는 것이라고, 내게 운동하는 법을 가르쳐준다고 했다. 이십대 초반의 세상 물정 모르는 여자애에게, 뚜렷한 자기만의 가치관을 가진 (것처럼 보이는) 어른은 동경의 대상이 되기 무척이나 쉽지 않은가. 나의 친구 제시카는 남자친구가 필요한 거라면, 저런 겉만 번지르르한 남자애보단 자기 친구인 중국 항공사 아들이 낫지 않겠느냐며 다리를 봐주겠다고 했다. 하지만 남자친구를 사귀고 싶었던 건 아니었다. 그래서 나는 존과 친구가 되기를 선택했다. 그는 정말 좋은 친구(처럼 보)였다. 나에게 성적인 관심을 드러내지 않았다. 마치 여동생이 생긴 것 같다며 흰 치아를 드러내며 웃었다.

나는 좋은 친구들, 약간의 영어 실력을 얻은 채로 한국으로 돌아갔다. 한 달의 시간을 보낸 뒤 새로운 사람들을 더 만나고 싶다는 열망을 갖고 호주행을 결정했다.

◌

시드니의 하늘은 높고 새파랬다. 도시의 여자들은
선글라스를 끼고 편한 모습으로 돌아다녔다. 한국에선
여자 연예인이 노브라로 셀카만 올려도 시끌벅적한데,
이곳의 여자들은 자유로워 보였다. 나는 신나는 마음으로
브라를 벗어던지고 그들에게 합류했다.

도착 후 일주일이 지나서야 친구를 사귀어보기로
결심했다. 여태껏 내가 한 말이라곤 'Hello', 'How are you',
'Sorry', 'Excuse me', 'Thank you', 'No, thanks', 'Welcome'이
전부였고 이대로라면 조만간 목소리를 잃을 것만 같았다.

처음 사귄 친구는 갈색 꽁지 머리를 한 남자였다.
게스트하우스에서 불닭볶음면을 먹는 내게 매워 보인다며
말을 걸어왔고, 일정이 없다면 오후에 시티 구경을 같이
하자는 대화로 매끄럽게 이어졌다. 종일 돌아다니며
알아낸 정보에 의하면 그는 어디에서 왔냐는 물음에
'텍사스'라고 답하는 자의식 과잉이며 잠시 여행을 왔고
호주는 따분하며 호주인들의 억양이 웃기다고 하는
전형적인 미국인 남자였다. 나도 한국이 아닌 대전에서
왔다고 답할걸 후회했지만, 내 억양이 웃길 것도 같아 별말
하지 않고 내내 걷기만 했다. 도시는 아름다웠고 그 남자

덕에 재래시장에 들러 싱싱한 자두를 살 수 있었기 때문에 큰 불만은 없었다.

자, 이제 난관이 올 타이밍이다. 돌아온 숙소 앞, 그는 갑자기 내 허리를 움켜쥐며 자기 방에 가지 않겠느냐 묻는다. 아니 어떻게 이런 사고방식이? 나는 화들짝 놀라며 우리는 오늘 대화라고 할 만한 것도 하지 않았다고 나는 너와 '그럴' 생각이 없다고 거절했다. 그 뒤로 그와 마주쳐도 대화하는 일은 없었다.

이런 일은 심심찮게 벌어졌다. 아르헨티나, 캐나다, 이탈리아, 중국, 일본, 한국 등등 다양한 국적의 남자들이 접근해 왔다. 신체 접촉을 한 무뢰한은 텍사스 애뿐이었지만 어찌 됐든 다들 분명한 목적을 갖고 있었다. 그들은 친구의 의미를 모르는 것 같았다.

하루는 이 모든 상황에 열이 뻗쳤다. 그날 다가오는 남자애들에게 모두 같은 시간, 같은 장소의 약속을 정했고 태연히 잠수를 탔다. 그들끼리 만나서 재밌게 놀았길 빈다(그렇다면 여자들이랑 놀면 되지 않느냐는 질문을 던질 것 같아 변명을 해보자면, 여자들은 동양의 작은 나라에서 온 여자에게 관심이 없었다. 때는 방탄소년단의 주 활동지가 한국이었을 때다. 그들은 내가 말을 걸어도 친절하게 대답하기만 할 뿐 친구가 될 생각은 조금도 없어 보였다).

이런 패턴은 지겹도록 반복됐다. 남자들에게 '잘 수 있는 여자'로 분류되는 문제는 아무리 용을 써도 해결되지 않았다. 그런데 이 일은, 우습게도 존의 등장과 함께 사라졌다. 다가오는 남자들에게 그저 '오빠가 있다'고 말하기만 했는데도 그들은 어떤 '시도'를 멈췄다. 나는 이 방법을 적극적으로 운용하기 시작했다. 호주의 곳곳을 존과 함께 다니기로 한 것이다. 게스트하우스, 체리 농장, 양배추 공장… 어디를 가든 존이 사촌 오빠라고 거짓말 했고 그러면 남자들은 태도를 바꾸고 나를 신중히 대했다. 얼마 지나지 않아 존이 내게 호감을 표시했고 그렇게 그와 만나게 됐다. 그때 나에게는 존이 필요했다. 나는 그 필요함의 감정이 사랑일 거라고 믿었다.

친구라는 관계를 벗어난 존은, 쓰레기였다. 자기 기분에 따라 화내고 풀어지기를 반복했고 화가 났을 땐 물건을 던지거나 운전을 거칠게 했다. 그와 헤어지기 위해 여러 번 시도했지만 다른 남자들의 폭력적인 접근에 조금이라도 노출될 때면 그 시도마저 물거품이 되었다. 그렇게 그와 호주에서 발리를 거쳐 대만까지 가게 되었다.

Scene of Taiwan

Scene 3	Object 8

그녀는 대만의 전통 가옥을 개조한 숙소에 묵는다. 수십
년의 시간 동안 이곳을 지켰을 나무 기둥은 여전히
견고해 보인다. 두 개의 방과 부엌, 거실이 있지만 그녀와
남자에게 주어진 공간은 세 평 남짓의 미닫이문이 있는
방이다. 그녀는 개의치 않는다. 거실에 놓인 티 테이블과
작동하지 않는 선풍기를 보며 한때는 안락했을 그
공간과 이 집의 역사에 대해 상상할 뿐이다. 그녀가 어린
시절 보았던 지브리 애니메이션의 배경을 닮은 장소다.
남자가 욕지거리를 뱉으며 숙소 안으로 들어온다. 그녀의
애인이다.

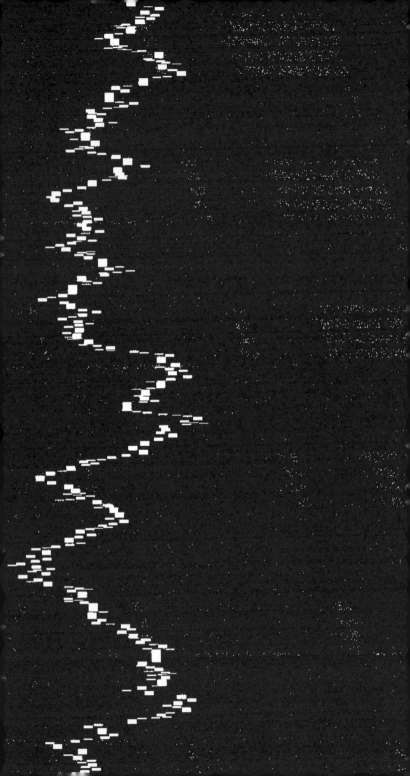

남자는 그녀에게 화내고 있다. 아주 작은 소리로. 그녀는
그의 입술을 물끄러미 바라보며 자신이 무슨 표정을 짓고
있을지를 상상한다. 잔뜩 지친 얼굴일지도 모른다. 그의
목소리가 점차 커지고 있으니.

그녀는 부엌 테이블에 앉아 있다. 남자는 방 안에 누워서
유튜브를 보고 있을 것이다. 화면 속 쓸모없는 정보들이
소음으로 번진다. 반대편 방에 묵던 객식구들은 지난달에
이곳을 떠났다. 그녀는 오늘 하루 아무 일도 없기를
바란다.

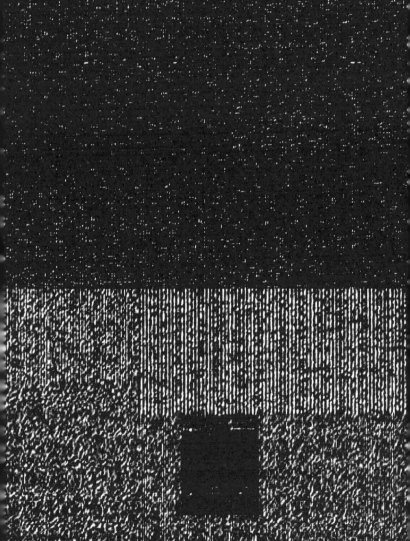

남자는 얼굴이 시뻘게진 채로 소리 지르고 있다. 그녀는
참을 수 없다고 느낀다. 작게 숨을 들이마신다. 목소리가
떨려선 안 된다. 호흡을 가다듬고 소리 지른다. 이
시발새끼야 나는 욕 못해서 안 하는 줄 알…. 그녀의
몸이 붕 떠올랐다가, 벽에 부딪혀 바닥으로 추락한다.
이 애니메이션의 장르가 바뀔지도 모른다. 지브리에서
코난으로. 그녀는 쿡쿡 웃는다. 스스로가 무슨 얼굴일지
궁금해 거울로 달려가고 싶지만 일어날 수 없다. 이러다
죽을 수도 있겠단 생각이 그녀의 머리를 빠르게 스치고
지나간다. 남자는 욕을 뱉으며 밖으로 나선다.

남자가 코를 골며 자고 있다. 그녀는 그의 다리를 살짝
찬다. 반응이 없다. 완전한 잠에 빠진 것이 확실하다.
그녀는 천천히 이불 밖으로 나와 배낭을 멘다. 남자가 잠시
자리를 비웠을 때 싸둔 짐이다. 그 안에는 컴퓨터, 팬티 두
장, 수도로 갈 만큼의 돈, 핸드폰 충전기와 여권, 그리고
카메라가 들어 있다. 타이베이로 가는 버스표 한 장이요.
잊지 않기 위해 다시금 되뇐다. 해가 뜨면 첫차를 타고
떠날 것이다.

남자는 그녀의 머리를 손수 말려주고 있다. 다시는 그러지
않을게. 미안해. 내가 미쳤었나 봐. 그녀는 잠자코 듣고
있다. 오늘 제 발로 나섰던 순간을 결코 잊지 않겠다고,
다시 이곳으로 걸어 들어온 순간 역시, 결코 잊지 않겠다고
다짐한다.

남자는 그녀의 머리를 밀치고 몸을 밀치고 바닥으로
고꾸라뜨린다. 팔을 꺾어 움직일 수 없게 결박한다.
그녀는 통증에 눈물을 흘리면서도 이상한 생각을 멈출
수 없다. 디스코 팡팡을 타면 이런 느낌일까? 타지 않길
잘했다. 우스웠을 것이다. 지금의 상황도 퍽 우습다.
별로 좋아하지도 않는 남자를 만나면서 얻어맞기나 하는
레즈비언이라니.

여기는 외국의 시골, 아무도 그녀의 말을 알아들을
수 없다. 지난번 타이베이가 아닌 이름 모를 온천 마을에
도착한 것을 떠올린다. 그녀는 이곳에서 제대로 된 버스표
한 장도 사지 못한다. 이곳 사람들의 말을 알아듣고, 또
말할 수 있는 건 오로지 남자뿐이다. 남자는 욕지거리를
내뱉으며 밖으로 나선다.

그녀는 화장실로 달려가 거울을 본다. 눈물자국
빼고는 얼굴이 말짱하다. 남자는 그녀의 얼굴만은 때리지
않는다. 얼굴만은 그녀의 영역이기 때문이다… 아니,
틀렸다. 그녀는 알고 있다. 그건 얼굴이 봐줄 만하기
때문이다. 그래서 때리지 않은 것이다. 봐줄 만한 얼굴로
태어난 걸 감사해야 하나?

편의점의 유리창이 물결처럼 일렁인다. 핸드폰에서
경보음이 울린다. 지진이다. 그녀는 침착한 얼굴로 천천히
걸어 나간다. 남자는 먼저 뛰쳐나갔다. 남자에게 말한다.
진정해. 아무 일도 일어나지 않아. 남자는 새하얗게 질린
얼굴로 그녀를 보고 안심한다. 그녀는 궁금해진다.
내 얼굴이 저랬을까? 우습기 짝이 없다.

그녀는 타이베이의 게스트하우스에 있다. 그녀의
곁에 남자는 없다. 부러 성별에 따라 방이 분리된
게스트하우스에 묵었다. 밤중에 지진 경보가 울렸지만,
그녀는 개의치 않는다. 그가 이층 침대 아래 깔려 처참히
죽은 모습으로 발견되었으면 좋겠다고 생각할 뿐이다.

마침내 그녀는 집에 있다. 여기에는 소음도, 남자도,
지진도 없다. 그녀의 언니가 울고 있을 뿐이다. 너는 내게
너무 소중한데 그 새끼가 너를 이렇게 대한 걸 보면 참을
수 없이 화가 나⋯. 언니의 말이 그녀의 몸을 통과한다.
사랑하는 사람에게 상처를 주는 것이 얻어맞는 것보다
괴롭군.

"꼭 그런 사람들이 있어요. 왜 아시죠? 제 팔자 제가
꼰다고. 그런 성향을 보인 사람이랑 왜 만나는 거예요?
본인이 그 굴레에서 벗어나고자 하면 충분히 벗어날 수
있는데. 즐기고 있는 걸 수도 있어요. 이상한 남자들을
선택하지 마세요, 잘 생각해봐요." 젊은 남자 의사는 말을
멈추지 않는다. 그녀는 이게 정말 선택의 문제인지 묻고
싶지만, 기운이 없어 네… 하고 답할 뿐이다.

그녀는 북토크에 왔다. 패널 중 한 명인 활동가 여름은
말한다. "어떤 측면에선, 우리는 모두 숨 쉬듯 성매매 되고
있기도 하잖아요?" 그녀는 와하하 웃는다.

　　몇 년 전 타지에서 만났던 남자를 떠올린다. 남자를
찾아가 죽일 생각을 매일 하던 때가 있었다. 그녀는 그러지
않았다. 그냥 알았을 뿐이다. 세상엔 어떤 패턴이 있다는
걸. 더 큰 폭력을 피하기 위해 또 다른 폭력에 몸을 팔
수밖에 없는 패턴, 재화로서 존재하지 않으면 안전을
보장받지 못하는 패턴이 있다는 걸. 어떤 삶은 그런 패턴의
무수한 반복일 뿐이라는 걸. 그 안에서 그녀가 선택할 수
있는 건, 없다는 걸.

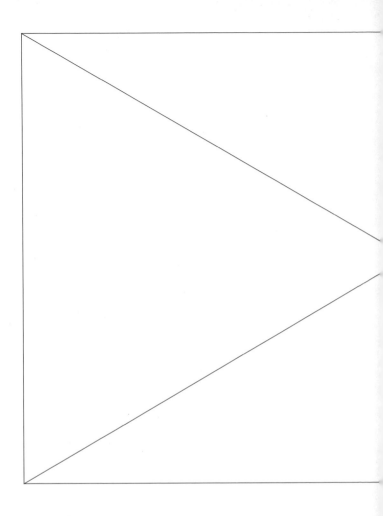

#4

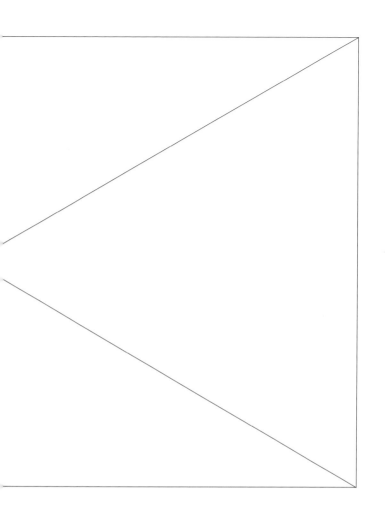

사랑의 장소들

해원 1

Scene 4	Object 9

해원. 그 애의 이름을 부를 때 나의 입은 살짝
벌어진다. 바람 빠지는 소리가 난다. 이름은 먼 곳에 있던
그 애를 내 앞으로 데려온다. 허공을 응시하던 두 눈은
금세 이채를 띠고 그 애는 살풋 웃으며 "응, 예인" 하고
답한다. 나는 그 애가 내게 집중하는 순간이 참을 수 없이
좋아서 몇 번이고 그 애의 이름을 불러보곤 했다.

○

"혹시 사진 하세요?"
바람이 세차게 불던 어느 11월, 홀로 사진전을 보러
갔다. 사람들을 집요하게 찍고 기록해 2만 장이 넘는
필름을 남긴, 그러나 사후에서야 어느 수집광으로 인해
세상에 이름을 알린, 다소 괴짜 같기도 오타쿠 같기도
한 작가의 전시였다. 전시장은 온통 흑과 백으로 가득
차 있었고 흑백사진의 세계에 갓 발을 들인 나는 방대한
양의 사진과 작가가 재현하는 피사체, 빛의 질감에
한껏 황홀함을 느꼈다. 사람들은 포토존을 향해 빠르게
스쳐 갔지만 나는 우두커니 서서 사진 한 장 한 장을
뜯어보았다.
혼자만의 적막한 공간에 어떤 여자가 침범해 왔다.
여자의 목소리는 나긋했지만, 나는 화들짝 놀라며 "네?
저요?" 하고 고개를 돌렸다. 두 걸음 정도 떨어진 곳에 흰

셔츠에 흰 니트, 흰 바지를 입은 단발머리 여자가 있었다. 나는 검은 가죽 재킷 안에 검은 티셔츠, 흑청 바지를 입고 있었는데 우리는 정확히 대비되는 사진처럼 보였다.

"네. 사진을 한참 들여다보시길래요."

이어지는 여자의 말에 답해야 하는데, 그저 멍청하게 입을 벌리고 그를 바라보았다. 쓸데없는 생각들이 머릿속을 휘저었다. 고개를 왼쪽으로 돌릴걸, 왼쪽 얼굴이 더 예쁜데. 이렇게까지 내 스타일인 사람이 있었나? 고양이 털 좀 떼고 올걸. 운동하고 왔는데 냄새 안 날까? 그런데… 무슨 말을 해야 하지?

"네, 어떻게 아셨어요?"

"저도 사진에 관심이 있어서요."

"아 그러시구나…."

"전시 어떠세요?"

"이 작가 조금 수치스러울 것 같아요."

"왜요?"

"나중에 제가 죽어서 제 블로그 내용이 모두 박제된 다음에 '아무개, 사람을 사랑해 글쓰기를 멈추지 않다' 이런 말로 전시가 되는 거잖아요? 그런데 내용은 사람들에 대한 불평불만에 가까운 글쓰기고… 주변 사람들을 수소문해 알고 보니 내가 좀 짜증나는 여자였다는 거까지 알아내고… 저라면 죽은 뒤에 한 번 더 죽고 싶을 것 같아요. 물론 이 작가는 좋을 수도 있죠."

말을 뱉으면서도 실수하고 있다고 느꼈다. 최악의
관람객이다, 최악의 첫인상이다. 아무래도 이 사람이랑은
망한 것 같다. 그는 놀란 듯, 눈을 동그랗게 떴다가 잠시
후에 작게 웃음을 터뜨리고 말을 이어갔다.

"이 전시에 대해서 그렇게 말하는 사람은 처음
봤어요. 더 얘기해보고 싶은데 전시 다 보고 같이 카페
가는 거 어때요?"

나는 빠르게 "네네 좋아요" 하고 답했다. 너무
급해 보였을까? 이런 생각이 머리를 스침과 동시에
그는 다시 짧게 웃고 전시장 밖에서 만나자는 말을
덧붙였다. 멀어지는 발걸음, 나는 그의 신발을 응시했다.
다음 작품으로 넘어가는 가벼운 발. 무슨 생각을 하고
있을까? 나만 긴장하고 있는 걸지도 몰라. 그는 내내
자연스러운 몸짓이었다. 나는 멀어진 그 사람의 뒤에서
사진을 뚫어져라 바라보았다. 그러나 사진 속의 피사체도
빛의 질감도 느끼지 못한 채로 그저 발걸음에만 신경을
곤두세웠다. 너무 빠르지 않게, 천천히, 저 사람보다 한
박자 느리게 걷기 위해서.

그날 그 사람의 발걸음을 좇아 카페도 가고 식사도
하고 그의 집에도 갔다. 그렇게 나는 그와 연애를 시작하게
됐다. 그의 이름은 해원이었다.

우리는 추우면 추운 대로, 겹겹이 옷을 껴입고서
만났다. 때로는 내가 흰 옷, 해원이 검은 옷을 입고서.
함께 전시회를 다니고 맛집도 찾아다녔다. 해원에게 예뻐
보이기 위해 옷을 사고 머리를 새로 하고 화장품을 바꿨다.
주변 사람들에게 오늘 내 상태가 어떤지, 괜찮은지, 어떤
부분이 별로인지 꼬치꼬치 캐물었다. 나는 해원에게
최대한으로 잘 보이고 싶었다. 해원이 좋아할 말, 좋아할
행동만 하고 싶었고, 좋아할 모습만 보여주고 싶었다.
해원에게 메시지가 오면 타로 어플을 켜 카드를 뽑았다.
이렇게 말할까, 아님 이렇게 말할까. 해원에게 어떤 상처도
주고 싶지 않았다. 해원의 삶이 온통 불행이라면 나는
한 떨기의 행복을 건네줄 수 있는 사람이 되고 싶었다.
해원이 우울해하는 날이면 나는 서울에 있는 모든 꽃집을
뒤져 파란색 델피늄을 사 갔다. 델피늄의 꽃말은 행복.
한껏 유치해지더라도 그 애에게 모든 좋은 것들을 주고
싶었다. 그 애의 직접적인 행복이 되어주고 싶었다. 그
행복이 가냘프고 빠르게 시든다고 하더라도. 해원은 그런
내게 선뜻 곁을 내주었다. 자신의 시간과 자리를, 그 애의
고양이와 친구들을, 좋아하는 식당을, 거리를, 영화를,
책을. 그 애가 사랑하는 모든 반경에 나를 편입시켰다.
나는 해원 곁의 모든 자리가 좋았다. 우리는 서로에게 온갖

좋은 것을 내주겠다고 작정한 사람들처럼, 각자가 아는 가장 큰 사랑을 찾아 바쳤다.

　　해원은 궁금해하는 것을 사랑이라고 여기는 사람이었다. 나는 그에게 충분한 사랑을 주고 싶었으므로 긴 시간에 걸쳐 궁금한 것 리스트를 만들어 해원에게 공유했다.

궁금한 것 리스트

오늘 하루 뭘 했는지, 일은 어땠는지, 무슨 말을 했는지, 어떤 옷을 입었는지, 춥진 않은지, 무슨 생각을 하고 있는지, 밥은 잘 먹었는지, 잘 잤는지, 꿈은 꿨는지, 내가 보고 싶진 않은지, 하루가 고되진 않았는지, 내일의 계획은 어떻게 되는지, 친구들이랑은 뭘 하고 노는지, 좋아하는 영화는 뭔지, 요즘 관심 가는 영화 없는지, 음악은 무얼 듣는지, 소울 푸드는 뭐고 싫어하는 음식은 뭔지, 좋아하는 캐릭터 있는지, 가장 좋아하는 옷과 좋아하는 색깔은 뭔지, 가장 좋아하는 장소는 어딘지, 여행 가고 싶은 곳은 어딘지, 서울에선 어딜 제일 좋아하는지, 어떤 책을 주로 읽는지, 좋아하는 작가와 싫어하는 작가는 누구인지, 가장 좋아하는 날과 가장 싫어하는 날이 언제인지, 그리고 그 이유는 뭔지. 매해 빼먹지 않고 하는 게 있는지, 봄이 오면 어떤지, 벚꽃놀이도 가는지, 여름에 꼭 하는 일이 있는지, 여름에 꼭 피하고 싶은 일이 있는지, 낙엽을 보면 쓸쓸하지 않은지, 눈 오는 거 좋아하는지, 가장 좋아하는 순간은 언제인지, 춤추는 걸 좋아하는지, 페스티벌 좋아하는지, 그렇다면 놀이공원은 어떤지, 바다와 수영장 중 어딜 더 좋아하는지, 이 수많은 호불호를 결정하는 기준은 뭔지. 산 위에서 전경을 내려다볼 때 무슨 기분이 드는지, 그럴 땐 어딜 보는지, 절에 가는 걸 좋아하는지, 운전할 땐 어떤 모습인지, 머리가 복잡할 땐 어떤 행동을 하는지, 가장 감추고 싶은 기억은 뭔지, 인생의 첫 기억이나 전생 혹은 전전생의 기억이 있는지, 어떤 일을 겪어왔는지. 살면서 있었던 사소한 사건들과 거대한 이슈들, 고통스러운 거, 가장 참기 힘든 거, 어떤 경우에도 참을 수 있는 건 각각 뭔지. 타인을 볼 땐 어딜 가장 많이 보는지, 어린 시절엔 어떤 아기였는지, 왜 볼에 작은 흉터가 있는지, 어떤 어른이 되고 싶은지, 꿈꾸는 미래가 있는지, 어떤 모양새인지, 없다면 왜인지, 로또 사본 적 있는지, 타고난 성격이 무엇인지, 어떨 때 웃는지, 슬픔을 달래기 위한 방법은 뭔지, 혼자 우는 편인지, 외롭진 않은지, 고독이 무엇인지 아는지….

　해원은 매일 아침 여섯 시에 일어나서 이 리스트에 대한 답변을 보냈다. 긴 시간 동안 리스트에는 계속해서 질문이 추가되었다. 알게 될수록 잊는 것도 늘어났고 잊게 되는 것들은 다시금 궁금해졌다. 그를 모조리 알게 되는 날은 평생 오지 않을 게 분명했다. 잊었던 해원을 다시 알게 될 것이고 해원의 습관, 취미, 생각, 취향들은 계속 새롭게 탄생할 것이기에. 평생 동안 그를 궁금해할 자신이 있었다. 그러니 우리의 영원이 조금은 가능하지 않겠냐고, 묻고 싶었다.
　그와 영원하고 싶었다. 해원과 함께 싱글 사이즈의 침대에 누워 느슨하게 서로를 감싸안는 순간은 홀로 퀸

사이즈 침대에 누워 있을 때보다 안락했고, 얇은 티셔츠 한 장을 몸에 겨우 걸치고서 나누는 비밀 이야기는 평생의 외로움을 잊게 했다. 해원은 그저 나른한 얼굴을 하고서 한결같은 목소리로 "응", "아니", "왜?" 같은 두 음절이 넘지 않는 단어들을 내뱉었을 뿐이지만. 해원의 곁에서 한밤중에 내려앉은 적막이 한 꺼풀씩 벗겨질 때마다 나는 온전해져갔다. 가만히 듣고 있는 해원이, 섣불리 판단하지 않는 해원이, 계속 얘기해달라는 해원의 보챔이, 갈비뼈가 드러난 옆구리를 쓰다듬는 해원의 손길이 온전한 기쁨을 만들어냈다. 나의 삶을 두 파트로 나눌 수 있다면 해원을 만나기 전과 후일 것이라고 생각했다. 한평생 겪었던 외로움도, 우울함도, 고립감도, 아무도 나를 이해하지 못할 거라 믿었던 나날들도 해원의 곁에 있을 때면 저 먼 과거로 흩어져 사라졌다. 그런 건 아무래도 좋았다. 여태껏 영원을 믿어본 적 없었지만, 해원이 있다면 그 영원이란 걸 믿어볼 요량이었다.

90퍼센트 레즈비언

Scene 4	Object 10

나는 자주 여자를 사랑하고 가끔 남자를 좋아한다.

그러니까 여자 앞에서는 모든 감각이 불편해진다는 얘기다. 그 애들이랑은 갖은 불편한 것들을 하고 싶다. 눈만 마주쳐도 얼굴이 창백해지고 숨이 턱 막히는 거. 너랑 내가 맞잡은 건 손뿐인데도 심장이 지나치게 세차게 뛰는 탓에 다 들켜버릴까 봐 겁이 나는 거. 껴안을 땐 괜히 숨을 멈추게 되는 거. 무얼 기다리는지도 모르는 채로 기다리는 거. 내가 알던 세상이 흔적 없이 사라져도 괜찮은 거. 네가 알려주는 것들을 의심 없이 받아먹을 수 있는 거. 이를테면 사랑 같은 거.

그리고 남자랑은 재밌게 놀고 싶다. 그들과 친구가 되고 싶으면 꼭 하는 말이 있다. 우리 재밌는 거 많이 하자. 자주 놀자. 자주 보자. 불편하지 않아서 할 수 있는 많은 일들이 있다. 시답잖은 농담 따먹기 하기, 좋아하지 않는 영화감독 트집 잡기, 칭얼대기, 떼쓰기, 일기 보여주기. 나는 남자랑은 화장실에 손 잡고 같이 가는 친구가 되고 싶다(물론 모든 남자는 아니다. 내게도 취향이란 게 있다).

○

내게는 단짝이 있었다. 꼬박 5년의 세월 동안 화장실에 같이 갔던 친구.

그의 이름은 준영이다. 이십대의 절반이 가는 동안, 우리는 밀착된 나날을 보냈다. 같은 집에서 같이 자고 같이 일어났고 함께 밥을 먹고 서로의 옷을 골라주었다. 떨어져 있던 시간은 5년 중 6개월도 채 되지 않는다. 나의 가장 친한 친구를 꼽으라면 나는 망설임 없이 준영을 말했고 준영 역시 그랬다. 나의 친구들은 준영의 친구이기도 했고, 준영의 가족들은 나의 가족 같았다. 우리는 서로를 가장 잘 안다고 자부할 수 있는 사이였다. 사람들은 우리가 당연히 결혼할 거라고 믿었고 나 역시 그랬다. 내가 그리는 미래의 대부분에는 준영이 있었다. 준영이 없는 모든 것을 상상할 수 없었다. 어떤 대단한 사랑도 세월 앞에선 속수무책이란 말을 들으며 콧방귀를 뀌었다. 내 사랑은 세월이 지날수록 견고해지는걸. 내 삶이 상대방에게 맞춰지고 상대방의 삶도 내게 맞춰지는 일은 경이로운걸. 입맛도 습관도 취향도 점점 비슷해지고 닮아가는 서로를 보며 사랑이 한 겹씩 덧씌워지는걸. 나는 준영과 만나며 두근거림만이 사랑이 아니라는 걸 깨쳤다. 준영과 연애하면서는 입버릇처럼 "다시는 여자를 만나지 않을 것"이며, "그건 너무 괴로운 일이다"라고 말했다.

어쩌면 그건, '너무나 사랑하게 되기 때문에 피하고 싶은 운명' 같은 지루한 클리셰였는지도 모른다. 나는 준영과 잠시 헤어진 동안 어떤 여자를 만났고 사랑에 빠졌다. 준영과 내가 쌓은 견고함은 나의 본질 앞에선 무용지물이 되었다. 내가 가진 본질은 여자를 사랑한다는 것이다. 심장의 떨림, 성적인 긴장이야말로 너무나 사랑이었다.

나는 여자를 사랑하는 내가 끔찍했다. 여자한테만 성욕을 느끼고 여자랑만 자고 싶고 여자의 애만 낳고 싶단 사실이 끔찍했다. 정확히는 준영을 여자만큼 사랑할 수 없다는 사실이 끔찍했다. 우리가 쌓아온 신뢰와 우정을 박살내야 하는 것이 다름 아닌 내 정체성 때문이라는 사실이 끔찍했다. 준영이 눈앞에 있는데 왜 자꾸만 여자를 사랑하게 되는 건지 이해가 안 됐다. 누구보다 나를 소중히 여기는 애한테 상처를 주고 있는 나를 죽여버리고 싶었다.

나는 알았다. 누구를 만나도 준영과 같지는 않을 거라는 걸. 한밤중에 혼자 책을 읽다 엄마 생각이 나서 엉엉 우는 나를 달래고 재우는 애는 얘밖에 없을 것이다. 강박증이 도져서 세 시간 동안 옷을 갈아입다가 지쳐 약속에 나가지 않는 나를 데리러 올 애는 얘밖에 없을 것이다. '만약에 놀이'를 여섯 시간 동안 같이 해줄 사람은 얘밖에 없을 것이다. 우울하면 산책을 해야 한다고 잠바를 입혀 데리고 나가는 애는 얘밖에 없을 것이다. 꼬질꼬질하면 씻기고 굶으면 밥을 해다 먹이는 애는 얘밖에 없을 것이다. 예쁜 옷을 입으면 기분이 좋아질 거라며 옷을 사다 입히는 애는 얘밖에 없을 것이다. 순두부와 밥과 스파게티 소스를 볶아서 요리라고 내놓는 애는 애밖에 없을 것이다. 자다가 벌떡 일어나 잠꼬대를 하는 나를 무서워하면서도 매일 같이 자는 애는 애밖에 없을 것이다. 마음의 이동이 있는 것 같다고 고백하는 내게 괜찮다고, 그 사람은 좋은 사람이냐고 묻는 애는 애밖에 없을 것이다. 아무래도 레즈비언인 것 같다고 고백하는 내게 축하한다고, 첫 번째로 축하해줄 수 있어 기쁘다고 말하는 애는 애밖에 없을 것이다. 이 모든 게 괴로워서 다시는 사랑 같은 거 하고 싶지 않다는 내게 그럼에도 사랑하기를 멈추지 말라며 타이르는 애는 애밖에 없을 것이다. 하나하나 따로 놓고 보면 있을 수도 있지만 이걸 다 하는 애는 애밖에 없을 것이다. 나는 여자를 사랑하게 되는 순간에도 이것을 알았다.

　그럼에도 어쩔 수 없는 일들이 있었다. 나는 여자 곁에서 비로소 살아 있다고 느꼈다. 어떤 남자도 주지 못하는 것이었다. 여자와 있을 때만 숨을 쉬는 것 같았고, 다른 때는 멈춰 있는 것만 같았다. 여태껏 받아들이지 못했던 나의 정체성을 인정할 수밖에 없었다. 살면서 내내 시달렸던 외로움은 살아 있음을 갈망하기에 찾아오는 공허였다. 여자를 사랑한다는 걸 인정하고 나니 그 외로움은 모조리 사라졌다. 만나는 사람이 연인으로는 최악이라고 해도 중요하지 않았다. 내가 무엇을 좋아하는지 인정한 것만으로도 오롯이 존재하는 듯한 기분이 들었다.

나는 이런 나를 책망하는 걸 멈출 수 없었다. 준영은 자책하는 버릇을 모조리 고쳐놓겠다고 했지만, 어쩔 수 없는 일이었다. 자책도, 사랑도.

사랑하는 여자의
아이를 낳고 싶다

Scene 4	Object 11

나는 아이를 낳고 싶다. 아이를 낳고 싶다는 욕망이
무엇에 기인한 건지 명확하게 설명할 순 없다. 임신을
해보고 싶은 걸지도, 배 속에 있던 아이와 분리되는 경험을
해보고 싶은 걸지도 모르겠다. 사랑하는 사람의 유전자를
잇고 싶은 마음일 수도, 조금 외롭고 적적한 삶이 아이로
인해 풍요로워지지 않을까 하는 기대일 수도 있다. 어떤
지점에서 생각하든 이 욕망은 조금 징그럽다. 나를 위해서
무언가를 만들어내는 것인 데다가 나는 아이의 삶을 높은
확률로 망치게 될 텐데 말이다.

한때는 이 욕망이 가부장제에 의한 세뇌일지도
모른다고 생각했지만, 베이비시팅 아르바이트를 하면서
수긍하고 말았다. 주 5회 여섯 시간씩, 유치원 하원을
돕고 공부를 조금 시키고 밥을 먹이고 씻기고 재우는
아르바이트였다. 내가 돌본 아이는 5세 여아였다. 아이는
외로움을 많이 타는 성격이었다. 계속 함께 있길 바랐고
헤어질 시간이 되면 언제나 울었다. 또래 여자애들과는
다르게 짧은 머리를 좋아하는 바람에 집단에 잘 어울리지
못한다고 했다. 나를 보면서 "이모도 머리가 짧네? 어른이
되어도 그래도 돼?" 따위를 물었다. 네가 하고 싶은 대로
머리를 자르고 기를 수 있다고 말해주면 신이 나서 방방
뛰었다.

나는 그 아이가 좋았다. 할 수만 있다면 데려다
키우고 싶을 만큼 좋았다. 씻을 때 무섭다고 바락바락

소리를 지를 때도, 크레파스를 정해진 순서대로 놓고
싶은데 순서가 기억나지 않는다고 자지러지게 울 때도,
드라이기를 들이밀면 따듯하다며 엉덩이 춤을 출 때도,
제일 좋아하는 스티커를 내게 건넬 때도, 모두 좋았다.
경험해보지 못한 종류의 사랑이었다. 아이가 슬픈 날엔
나도 슬펐고 기쁜 날엔 나도 기뻤다. 아이가 자라는 모습을
보는 일은 설명할 수 없는 감동을 주곤 했다.

　아이와의 인연은 팬데믹으로 인해 끝이 났다.
사진가라는 나의 직업 탓에 사람을 많이 만나게 되다 보니
걱정이 된 아이 부모님이 내린 결정이었다. 헤어지는 날에
이모 또 안 오냐며 바닥을 구르고 울던 아이의 모습이 눈에
선하다. 지금은 아홉 살이 되었을 텐데 외롭지는 않은지,
더 큰 외로움을 경험하고 있을지, 키는 얼마나 자랐을지,
여전히 크레파스의 순서를 지키는 게 중요한지 따위가
궁금한 날이 있다.

　내게도 아이가 있으면 좋겠다. 그 아이에게 내가
사랑하는 모든 삶을 알려주고 싶다. 아마 이 욕망은
실현되지 못할 것이다. 욕망을 구체적으로 파헤쳐보면,
단순히 '아이를 낳고 싶다'가 아니기 때문이다.

　나는 사랑하는 여자의 아이를 낳고 싶다. 암컷 쥐
두 마리의 배아로 스물아홉 마리의 새끼 쥐가 탄생했다는
소식을 들었을 땐 내심 기대했다. 아마 오랜 시간이 지나야

가능하겠지만. 사랑하는 여자의 난자와 어떤 남성의 정자를 수정한 뒤에 내 자궁에 아이를 키우는 방법도 있을 것이다. 그럼 나는 사랑하는 여자를 꼭 닮은 아이를 품고 낳는다. 그것만으로도 충분하다. 하지만 비용이나 법적 절차 등의 문제로 어려울지도 모르겠다. 좀 더 현실적인 방안이라면 내가 정자은행에서 정자를 받아 출산하는 방법도 있다. 사실 꼭 낳는 게 아니라 입양해도 좋겠다.

해원과 잠을 잘 때면 항상 아이를 가지는 꿈을 꾸곤 했다. 이제는 배우자가 된 그와 함께 아이의 손을 잡고 거니는 꿈을. 우리는 하와이에도 가고 프랑스에도 간다. 갓 태어난 아이를 보며 가장 완벽한 이름을 지어주자며 소곤거리기도 하고 집에서 아이의 옷을 개기도 한다. 그와는 헤어졌지만, 아직도 꿈속의 아기들은 생생하다. 작은 얼굴에 오밀조밀하게 들어찬 작은 코, 입, 그리고 손가락까지… 나는 꿈속의 아기가 그리울 때마다 우리가 지어준 아기의 이름을 가만히 불러보곤 한다.

언제가 될까? 사랑하는 여자의 아이를 낳는 날은. 알 수 없다. 한국에도 여성끼리 결혼을 하고 아이를 키우는 사람들이 있다. 나는 그들이 잘 살았으면 좋겠다. 동화 속 이야기처럼 잘 살아서, 보란 듯이 잘 살아남아서 다른 레즈비언들도 결혼하고 아이를 낳았으면 좋겠다. 엄마가 두 명인 아이들이 많아졌으면 좋겠다. 그리고 그 엄마 중 하나가 내가 되길 바란다.

해원 2

Scene 4	Object 12

우리의 만남이 깊어져갈수록, 해원은 괴로워했다.

해원에겐 말 못 할 비밀이 있었다. 그에겐 오래된 남자친구가 있지만 나를 연인이라고 여긴다는 것. 해원의 가족들은 남자친구와 해원의 결혼을 바라고 있지만 해원은 나와 결혼하고 싶어 한다는 것. 해원은 정상성에 대한 갈망에서 도무지 벗어날 수 없지만 그 좁디좁은 정상성의 원 안에서 밀려나 있는 사람이라는 것. 해원은 여자, 나도 여자. 우리는 비슷한 모양새의 인간들.

"잠자는 시간 빼고 하루 종일 엄청 얇고 빳빳한 종이로 베어내지는 기분이야."

해원은 꿈같은 하루를 보내고 나면 따라붙는 죄책감이 있다고 했다. 그 애가 진정 사랑하는 사람은 나라는 것도 진짜였지만, 그 애가 겪는 고통도 진짜였다. 동시에 진행되는 음계이자 불협화음이었다. 지나치게 행복한 데이트를 한 다음 날이면 해원은 어김없이 내게 헤어지자고 했다. 해원은 언제나 내게 "돌아가"라고 말했다. 너도 나도 서로가 없어서 안정적인 시절이 있었지 않냐고 덧붙였다. 나는 지금이 더 온전하고 행복하다고 말했지만 해원은 "너도 고통스러울 게 분명"하다며 잠적하곤 했다. 아무리 메시지를 보내고 전화를 걸어도 묵묵부답인 그 애를, 만나서 얘기하자고 제발 예의를 지켜달라고 밖으로 끌어내고 서로 아직 사랑하고 있다는 걸 확인하고 며칠간 다시 행복한 시간을 보내도 모든 상황이 반복될 뿐이었다. 나는 해원을 달래도 보고 엉엉 울어도 보고 화도 내보고 설득도 해봤지만 나아질 기미가 없었다. 캄캄한 안개 속에 갇힌 것만 같았다. 발버둥 쳐도 점점 더 악화되어갔다. 서로의 의지와는 무관한 현실 안에서.

분명 시대가 바뀌고 있고 퀴어가 뭐 대수냐고 말하는 당신들도 있을 것이다. 인터넷 세상에 접속하면 결혼한 퀴어도 있고 자식을 키우는 퀴어도 있고 세 명이서 사랑하는 퀴어도 있고 결혼 제도에 반대하는 퀴어도 있고 애는 절대 싫다는 퀴어도 있다. 폭삭 늙은 퀴어도 있고 갓 태어난 퀴어도 있다. 정신병자 퀴어도 있고 제정신 퀴어도 있고 장애를 가진 퀴어도 있고 가슴도 고추도 없는 퀴어도 있고 가슴과 고추가 모두 있는 퀴어도 있다. 나도 안다. 세상엔 별별 퀴어가 다 있고 이제 퀴어라는 이유로 돌팔매질을 받던 시대는 조금 지나왔다는 걸.

그리고 그 세상이 모든 퀴어의 삶에 가닿지는 않는다는 것도 안다. 빛은 공평하지 않다. 적어도 나와 해원의 삶에는 그랬다. 지하철에서 손을 잡고 귓속말하는 우리를 이상하게 보는 사람들, 결혼은 하더라도 자기는 부르지 말라던 아빠, 스스로를 위해 외국에 나가 살라던 친척, 자기 자식이 게이로 태어난다면 어쩔 것인지를 토론 주제로 삼는 동료들, 여태까지 남자를 잘 만나고 다니지 않았느냐며 한때의 치기라고 말하는 친구들. 우리는 그 안에서 살았고 투쟁으로 하루를 보내기엔 지쳐 있었다. 우리의 사랑은 해원의 삶에서, 어쩌면 나의 삶에서조차도 사치였다. 푸른 델피늄 한 다발보다 더한, 예쁜 옷을 사 입고 질 좋은 음식을 먹는 것보다 더한, 서로의 반경 안에 놓이는 것보다 더한 사치. 그저 사랑일 뿐인데도.

나는 1년을 더 붙잡았고 해원은 1년을 내리 돌아왔다. 해결되지 않는 문제의 주변만 빙글빙글 돌면서. 각자의 방에서 눈물을 쏟고 아닌 척 웃는 얼굴로 서로를 보면서. 어쩌면 영영, 우리가 늙고 주름이 져 이 사랑이 끝날 때쯤에도 끝나지 않을 이 문제를 애써 외면하면서. 우리가 서로 사랑하면 되지 않느냐고, 그렇게 되뇌면서.

해원은 여전히 벽장에 산다. 나는 그가 사는 벽장 안에 대해 잘 안다. 그곳은 좁고 갑갑하다. 누군가 벽장 밖으로 내쫓을까 두려움에 떨며 매일을 보낸다. 모두에게 거짓말해야 한다. 남자친구가 있냐는 물음에 어색하게 웃으며 그렇다고 답해야 한다. 메신저의 프로필 사진도, 모두가 한다는 소셜미디어의 애인 자랑에서도, 친구들과의 수다에서조차도 '너'를 비밀로 해야 한다. 그뿐이랴, 좋아하는 연예인이 여자인 것을 들킬까 봐 관심도 없는 남자 아이돌의 이름을 외워야 하고 동성애자 어떻게 생각하느냐는 직장 동료들의 질문에 마음이 따끔따끔하면서도 '그런 거 관심 없다', '잘 모르겠다' 정도로 대답해야 한다. 조금이라도 레즈비언처럼 보일까 봐 마음 졸이며 최대한 이성애자 같은 옷을 골라 입어야 한다. 그러면서도 매일 가족에게, 친구들에게, 지인들에게 버려지는 상상을 한다. 나를 손가락질하면서 '그런' 너는 사랑할 수 없다고 하고, 나를 수치로 여기는 그들의 일그러진 얼굴을 상상한다.

마침내 나는 벽장 바깥의 인간이 되길 선택했다. 밖은 숨통이 트인다. 찬바람이 몰아쳐도 막아줄 것은 아무것도 없지만 이 바깥에는 나와 비슷한 존재들이, 울퉁불퉁하고 벗어난 존재들이 산다. 나는 여자를 좋아하는 게 문득 서럽고, 왜 내게 이런 일이 벌어진 것인지 한탄한다. 그러다가도 벽장 바깥에 함께 있는 이들의 얼굴을 돌아보며 이 삶은 괴롭지만 소중하다고, 내가 이런 모양일 수 있어 좋다고 느낀다. 숨기지 않아도 되는 삶, 두려워하지 않아도 되는 삶. 평생 바라왔다.

나는 해원의 선택을 이해한다. 벽장 안은 쓸쓸하지만, 그럼에도 벽장만이 줄 수 있는 안락함이 있을 것이다. 나는 그 안에서 자리 잡고 사는 그를 바깥으로 끌어낼 수 없었다. 함께 가자고 말할 수 없었다. 해원의 아픔을 내가 대신 짊어질 수도 물리칠 수도 없으니까.

그 애가 아프지 않았으면, 괴롭지 않았으면 좋겠다.

그러니 언젠가 그가 벽장 안에 살지 않아도 되는 세상이
도래하길 바란다. 아무도 그에게 눈총 주지 않는 세상이,
혼인평등법이 통과되는 날이, 그가 어떤 모습이든 그를
따듯이 맞이하는 사람들로 가득한 날이 오길. 그가 여자든
아니든, 부치든 펨이든, 돈이 없든 많든 간에, 다른 사람을
동시에 사랑하고 있든, 나만 사랑해서 미쳐버린 멘헤라든
간에. 그가 변화하고 변화해서 스스로를 설명하는 게
어려워져도, 그가 어떤 형태로든 존재할 수 있기를.
발전했다 고꾸라지고 다시 일어나면서 자신의 서사를
쌓아가는 모든 시간을, 시시각각 변화하는 모든 해원을
축하해주고 반겨주는 세상이 오기를. 그날의 그 애가 어떤
사람이고 누구를 사랑하든, 지나친 환대가 그를 기다리고
있기를 간절히 바란다. 해원을 사랑하는 마음을 담아서.

별로 안 힘든 피해자

Scene 4	Object 13

'상'은 기타리스트였고 와인을 즐겨 마셨다. 즐겨 마신다기보단 와인 한 병을 다 비우지 않으면 잠드는 것을 어려워했다. 외로움이 항상 따라붙어 있어서, 침대에 가만히 누우면 외로움이 머릿속을 범람해서, 술을 마시지 않으면 잠에 들기 어렵다고 했다. 그는 그 감정이 공허함인 것 같다고 말했지만 나는 그 '공허함'이 외로움의 한 부분이라고 여겼다. 그는 줄곧 새로운 사람을 찾아 집에 들이길 원했고 자신의 곁에 아무도 없는 슬픔을 그들이 알아주길 바랐다.

나는 그의 '새로운 사람'이었으므로, 그의 집에 놀러 갔고 맛있는 음식을 나눠 먹었고 함께 와인을 마시며 대화를 나눴고 가끔은 자다 왔다.

상은 술에 취하면 울었다. 왜 자신의 외로움을 알아주지 않느냐며 울었고 함께 걷는데 한 번도 자신을 보지 않았다고 또 울었다. 나는 상과 술을 마실 때마다 '이 새끼랑 다신 보나 봐라' 하고 결심했지만 아침의 상은 밤의 상과 다른 사람 같았다. 멀끔한 얼굴로 해장국을 끓여주며 얼굴이 왜 이렇게 부었는지 모르겠다고 웃었다. 아무것도 기억나지 않는다고 했다. 나는 아침의 상을 보며 어제의 결심을 잊곤 했다.

그날도 평소와 다르지 않았다. 상의 집에 놀러 갔고 맛있는 음식을 나눠 먹고 함께 술을 마셨다. 평소와 다른 점이 하나 있다면 그날의 나는 살짝 취했다. 도수가 센

술을 마셨기 때문일지도 모른다. 상을 좋은 사람이라고
여기고 마음을 편하게 가졌기 때문일지도 모른다. 상은
몸을 가누지 못하는 나를 보며 먼저 자길 권했고 나는
그러겠다고 답했다. 곧장 침대에 누워 어지러운 정신을
가다듬었다. 술이 깨면 곧바로 집에 가서 잘 생각이었다.

　　잠시 후 상이 왔다. 취한 얼굴. 벌게진 볼과 쌍꺼풀이
반쯤 풀린 눈을 하고서. 상은 섹스하고 싶다고 했다. 나는
상과 섹스하고 싶지 않았다. 한참의 실랑이가 벌어졌고
나는 여전히 상과 섹스하고 싶지 않았다. 상은 왜 자신과
섹스해주지 않느냐며 화를 냈다. 미안하다고, 자신은
잘하니까 기분 좋게 해줄 수 있다고 달래기도 했다. 나는
상을 한 대 치고 도망갈까 궁리를 했지만 가능할 리가
없었다. 상을 자극하지 않고 이 상황을 끝맺고 싶었다.
대답이 없는 나를 보며 상은 내 몸을 만지기 시작했다.
나는 상과 섹스하고 싶지 않았다. 상의 눈은 이미 돌아
있었다. 나는 그저 상황이 빨리 끝나기만을 바랐다.

　　나는 몇 달간, 그 기억을 쓰레기통에 처박아두기를
선택했다. 생각하기를 포기했다. 그편이 좋았다. 참을
수 있었다. 상의 연락을 참을 수 있었다. 갑자기 전화를
걸어 왜 자신을 만나주지 않냐고, 사람을 쉽게 생각하지
말라고 소리 지르는 상의 헛소리도 참을 수 있었다. 상이
내 주변인들과 잘 지내는 것도 참을 수 있었다. 그들에게
내 욕을 하는 것도 참을 수 있었다. 피곤한 건 질색이니까

참아보자고 생각했다. 참는다면 참을 수 있다고 생각했다. 내가 일하는 바에 와서 바 테이블 안으로 들어오기 전까지는. 상은 내 일상을 침범하고 있었다. 모른 척 넘어가려 해도 도저히 도와주지를 않았다. 그 이상의 침범은 참을 수 없었다.

상과 나를 모두 아는 친구들에게 이 일을 알리기 시작했다. 친구들은 이건 분명한 성폭력이며, 할 수 있는 일은 다 돕겠다고 말했다. 나는 그들과 함께 할 수 있는 일을 찾았다. 신고, 공론화 등 갖은 방법이 있었지만 문제가 있었다. 이 사건엔 너무 많은 맥락이 존재한다는 것이었다.

동성 간의 성폭력

가끔 여성 동성애자 커뮤니티에 '동성 연인/지인/친구에게 성폭력을 당했다'는 글이 올라온다. 성폭력뿐만 아니라 온갖 폭력에 노출된 상태인 레즈비언이 많다. 그들은 경찰에 신고하는 방법을 취하기도 전에 벽에 부딪힌다. 신고하거나 주변에 알리면 아웃팅하겠다는 협박을 듣는다. 어찌저찌 신고한다 해도, 경찰 측에서 동성 간의 성폭력을 인정하지 않는 일이 허다하다. 애초에 동성 간의 성폭력은 '강간'이 아닌 '유사 강간'으로 분류된다.

그와 동시에 여초 커뮤니티엔 이런 글이 올라온다. '나도 차라리 여자 좋아하면 좋을 텐데. 젠더 폭력도 안

당하고…' 따위의. 레퍼토리는 뻔하다. 여자들은 다 착해, 여자들은 안 그래, 여자는 여자 사랑해, 여자는 여자 안 때려, 여자는 교제 폭력 안 해…. 아니다. 그런 일이 실제로 벌어진다. 세상에 못된 여자와 못된 동성애자가 얼마나 많은데. 여성은 무결한 존재가 아니며, 무결한 여성만 있다고 믿는 것은 전형적인 여성혐오다. 게다가 동성애는 이성애자 여성을 위한 페미니즘적 대안도 아니고 딱히 유토피아도 아니다. 그냥 사람 사는 일이다.

그리고 무엇보다도 끔찍한 건, 이런 부류의 사건을 보며 사람들은 '사건'이 아닌 가해자의 퀴어됨에 집중한다는 것이다. 2023년 한국을 떠들썩하게 했던 한 사기 사건만 봐도 그렇다. 가해자가 사기를 쳤다는 범죄 사실보다 가해자가 '트렌스젠더'인지, '레즈비언'인지가 더 큰 화두에 올랐다. 나는 그 사기 사건처럼, 이 성폭력 사건의 가해자가 '레즈비언'으로 소비되는 것이 싫었다. '레즈비언 기타리스트 S 양의 성폭력'이라는 문장에서 많은 사람이 '레즈비언'만 가십처럼 소비할 것이 분명했다. 그 사람이 알고 보니 레즈비언이었대. 음악 하는 것들은 왜 그러나 몰라? 왜 여자끼리 그런대? 그래서 쟤가 남자 역할이야? 라는 식으로. 이런 유의 말은 여자를 좋아하는 나를 향한 폭력이기도 했다.

퀴어 커뮤니티도 그다지 힘이 되진 않는다. 성폭력 가해자인 성소수자 국회의원 후보가 자살하자 그를

추모하면서도, 추모를 멈춰달라는 피해자의 요구에는
응답조차 하지 않았던 단체들도, 좋지 않은 일에 엮인
성소수자들을 보며 '쟤네가 퀴어 망신 다 시킨다', '가족이
아니다', '저런 사람만 있는 건 아니다'라고 꼬리 자르기
바쁜 무리도 있다. 총체적 난국이다.

성폭력 피해자의 무고함

상과 함께할 때는 곧바로 어떤 재미없음, 지루함,
허무함, 관련 없음의 상태가 된다. 자줄 수 있고
키스해 줄 수 있고 맞춰줄 수 있는 상태. 의미 없다.
섹스라는 게 뭔가 대단한 사랑의 언어라거나 결실처럼
여겨지지 않고(뭐 다른 사람이랑은 그럴 때도 있었지만)
특별한 경우를 제외하고선 대부분 어떤 수행처럼
여겨지고, 그런 것쯤이야 하면서 손쉽게 해낼 수 있는
무엇이 된다. 그냥… 안전을 보장받을 수 있다면,
그러니까 정신이나 몸의 안전을 보장받을 수 있다면,
그 시간이 빨리 끝나고 평화로운 일상으로 돌아갈
수 있다면(물론 일상이 그다지 평화롭지는 않지만…).
어쨌든 그럴 수만 있다면 그냥 감수할 수 있는 상태가
됨. 침범을 참아낼 수 있게 된다. 동시에 그렇게
몸으로 존재해짐. 나는 거기 없음.

202×.××.××

사건 직후 썼던 일기다. 일기에 따르면 나는 귀찮아서 성폭력 당하기를 감수했다. 거세게 저항하지도 않았다. 그 이후에도 나는 멀쩡히 살아 돌아다니고 일상을 아무렇지 않게 보내는 성폭력 피해자로 있었다. 게다가 삶의 의지는 원래 꺾여 있었고 큰 트라우마는 이것 말고도 많아서 타격도 없었다. 이후에 가해자와도 잘 지냈고(또는 그래 보였고) 가해자의 집에도 몇 번 놀러 갔다.

대다수 사람의 인식 안에서 이런 성폭력 피해자는 존재할 수 없다. 피해자는 울고 슬퍼하고 무너져야 하며, 그의 일상은 파괴되어야 한다.

성폭력 사건은 신고되기에도 입증되기에도 많은 어려움이 있는데, 심지어 '레즈비언'에 '별로 안 힘든 피해자'인 내가 이 사건을 공론화해서 얻을 수 있는 '일상을 지키는 방법' 같은 건 없었다.

이 모든 게 퀴어와 성폭력 피해자에 대한 인식 탓이다. 여자끼리 사랑하고 섹스하고 폭력을 저지른다는 사실을 인정하지 않기에, 피해자는 무결할 것이며 그 일상은 처참할 거라는 선입견 때문에. 사각지대에는 점점 더 많은 사람이 생긴다. 그들의 일상은 손쉽게 침범당한다. 그들이 다르다는 이유 하나만으로.

고민 끝에 내가 찾은 방법은, 이 글을 쓰는 것이다. '사이다' 하나 없는 글을. 상에 대한 묘사도 대부분은 거짓인 데다가 고소도 공론화도 못 했음을 알리는 글을.
그의 커리어나 일상이 박살 날 일은 없는 글을. 다들 이런
이상한 성폭력 피해자도 존재한다는 걸 알기 바라면서.
그리고 어디엔가 분명 있을 나 같은 '이상한 피해자'가
자책을 멈추고 약간의 위안도 얻는다면 더 좋겠다.

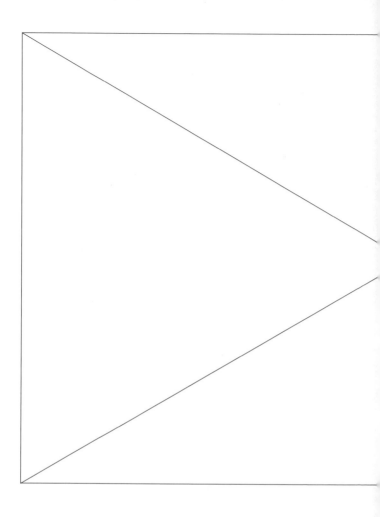

#5

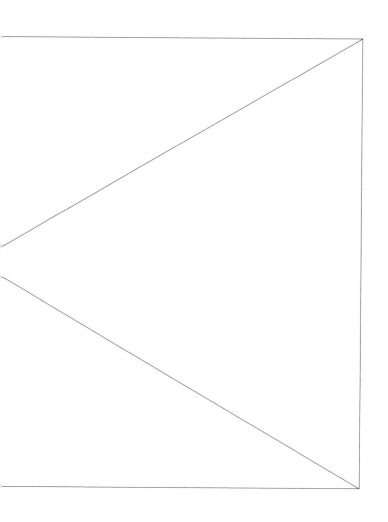

내면 응시 가능

어느 날부터
이상한 일들이
벌어지기 시작했다

Scene 5	Object 14

중요한 약속을 완전히 잊어버리거나 몸 곳곳에 원인 모를 멍이 생기거나, 했던 이야기를 몇 번이고 반복하고, 만났던 친구들의 이름은커녕 얼굴도 기억 못 하고, 하루의 절반이 통째로 사라졌다. 정신을 차려보면 횡단보도를 건너고 있거나, 통증이 느껴져 정신을 차려보면 시멘트 바닥에 엎어져 있기도 했다. 자다가 몸이 움직이는 느낌이 들어 눈을 뜨면 부엌에 가 있고, 잠꼬대로 서늘한 말을 하고, 깨어 있을 때는 자주 화냈다.

"아마도 깜빡 잠이 들었나 봐. 요새 피곤해서 그런 것 같아"라는 나의 말에, 룸메이트 현은 조심스레 정신과 진료와 상담 치료를 권유했다. 현은 내 슬픔이나 기쁨을 나보다 더 빨리 눈치채는 편이었으므로, 나는 군말 없이 병원에 찾아갔다.

희끗한 머리에 동그란 안경을 쓰고 살짝 지친 표정을 하고 있는 조 선생님은, 내가 겪는 '이상한 일'이 스트레스가 과도하게 축적되어 몸으로 이상 징후들이 나타나는 신체화 증상이라고 했다. 적당한 약을 처방해줄 테니 휴식을 취하고 스트레스 환경에서 멀어지라는 조언도 곁들였다. 나는 그의 말에 속으로 코웃음을 치며, 이런 일은 모두가 겪는 건데 너무 과장해서 말하는 거 아니야? 하고 생각했다. 입 밖으로 꺼내진 않았다. 그는 다음번 만남까지 갖가지 문항이 적힌 긴 검사지에 답을 적고 생애주기를 그래프로 그려오라는 숙제도 내주었다.

집으로 돌아가 내 삶에 일어났던 모든 슬픔을 그렸다. 평탄하고 행복했던 유년기를 지나, 열한 살 때 목격한 죽음과 상실, 열세 살에 할머니에 의해 유럽의 수녀원에 갇혔던 일, 성지순례지에서 당한 첫 성폭력 피해, 보호해주지 않는 그곳의 어른들, 내 편이라곤 없는 것 같던 열네 살, 그리고 이 책에 쓴 많은 이야기들—맞고 싸우고 절망하고 사라지고 싶었고 그럼에도 살고 싶어서 아등바등했던 그 긴 나날들을. A4용지 한 장에 담기엔 턱없이 부족했다. 나는 테이프로 몇 장의 종이를 이어 붙였다.

조 선생님은, 돌돌 만 종이를 펼쳐서 한참이고 들여다보다가 물었다.

"예인 씨는 이 일들을 어떻게 받아들이나요?"

"음… 무슨 말씀인지 이해를 못 했어요."

"예인 씨는 이 일들이 불행이라고 느끼나요?"

"불행이라고 생각하긴 하는데, 이 정도는 모두 다 겪으면서 살지 않나요?"

"어떤 사람은 이 일들 중에 단 하나도 겪지 않기도 해요. 예인 씨는 큰 사건들을 여러 번 겪었고 그에 대한 인지와 애도가 필요해요. 예인 씨는 커다란 일을 겪은 게 맞아요.

예인 씨를 정형외과 환자라고 친다면 지금 다리뼈가 부러진 거예요. 쉽게 말해 두 동강이 났어요. 뼈를 붙인

다음 재활을 통해서 걸어야 하는데, 지금 아무것도 해결되지 않은 상태로 걷고 있어요. 해결하지 않으면 더 쉽게, 자주 넘어지고 결국엔 다리를 못 쓰게 될 수도 있어요."

"이해가 안 가요. 저는 잘 울지도 않고 그렇게 슬프지도 않았는데요."

"감정적으로 잘 기능하는 사람이라면, 슬픔도 느끼고 눈물도 흘리고 하면서 사건들을 떠나보내요. 그런데 예인 씨는 그게 안 되는 상태인 거잖아요. 그게 아픈 거예요."

"…."

"다음 주에는 약을 잘 먹으면서 일기를 써보세요. 약에 대한 이야기여도 좋고, 하루 동안 느꼈던 가벼운 감정에 대해서도 좋아요."

나는 조 선생님의 말을 믿지 않았다. 그다지 불행하거나 슬프다고 느끼지 않았으니까. 집에 돌아와 현에게 조 선생님이 해준 이야기를 들려주면서 그가 약장수이거나 돌팔이인 것 같다고 욕을 했다. 내게는 집도 있고 친구도 있고 하고 싶은 걸 하면서 살고 있는데 왜 불행하다고 하는지 모르겠다는 불평도 쏟아놓았다. 이야기를 한참 듣던 현은 그래도 일기를 써보라고 말했다. 현은 내게 일어났던 일을 말하면 나 대신 울어주곤 했다. 그래서 나는 현의 말을 듣기로 했다.

저녁엔 우울했다. 내가 너무 한심하고 숨 막히고
잠깐만 죽어 있고 싶었다. 바라는 게 많지도 않은데
잘 안 되고 다들 치열하게 사는데 나만 덩그러니
누워 있는 것만 같고. 나는 상대방을 좋아한다는
이유만으로 내가 있는 곳까지 끌어올리고 싶어 하고.
각자에게 알맞은 속도가 있는 건데, 폭력적이다.
근데 그러면 우리는 언제 사랑해? 다 가짜 같다. 내
삶이 허상 같다. 조○○ 선생님은 왜 그런 말을 한
걸까? 조○○이 나한테 불행하다고 해서 다 망했다.
기억하고 싶지 않은 것까지 기억난다. 죽는 게 나을 것
같다.

201×.××.××

지금 여기는 2008년 가을의 용인이다. 나는 새로 지은
아파트에서 ■■에게 맞고 있다. ■■가 화난 이유는
내가 학원에 다니고 싶지 않다고 말했기 때문이다.
내가 학원에 가고 싶지 않은 이유는 학원에 남자애들이
있기 때문이다. 학원에는 남자 선생님도 있다. D 학원
원장은 심심할 때면 나를 무릎에 앉히고 내 몸을
만졌다. 원장의 아내인 부원장은 "선생님이 예인이를
예뻐해서 그런 거"라고 말했지만 그 말은 거짓말이다.

나는 프랑스에서부터, J 오빠가 내가 싫다고 했는데도
화장실로 끌고 갔고 그렇게 된 다음에 미안하다고 했고
사귀자고 했고 그걸 내가 받아들였던 그때부터 나를
좋아해서, 예뻐서 그런 행동을 한다는 사람들의 말이
거짓인 걸 알았다. 나는 ▆▆에게 이 사실을 말하지
않고 그냥 학원에 다니고 싶지 않다고 했다.

▆▆는 ▆▆▆▆▆▆한 뒤부터 나의 말을 믿지 않는다.
▆▆는 대전으로 내려가던 중 내 말을 듣고 차를 돌려
용인으로 왔다. ▆▆는 내 방에서 나의 머리채를 잡고
나를 때리고 있다. 옷장을 뒤져 옷들을 모두 찢고
버리고 책장을 엎어 바닥에 쏟아진 책들을 던진다.
한쪽 얼굴엔 감각이 없다. 아마도 아까 ▆▆에게 잘못
맞은 것 같다. 밖에서는 ▆▆▆의 기도 소리가 들린다.
▆▆▆는 내가 에픽하이 노래를 듣고 학교에 살색
스타킹을 신고 간다는 이유로 내가 악마에 들렸다고
굳게 믿고 있다. ▆▆▆▆는 최대 볼륨으로 TV를
틀고 야구를 본다. 언니만 울고 있다. 문을 두드리며
울고 있다. ▆▆는 나를 조금 더 때린 후에 대전으로
돌아간다. 나는 거실로 나가 밥솥을 열고 밥을
퍼먹는다. 다시는 ▆▆와 ▆▆와 ▆▆▆를 사랑하지
않을 것이다. 언니는 밥을 먹는 내 곁에서 계속 울다가
나를 데리고 자기 방으로 가서 재운다. 언니는 말한다.
내가 여기서 뛰어내리면 ▆▆가 너를 그만 때릴

거라고 생각했어. 나는 진짜 네가 죽는 줄 알았어.

나는 한동안 학교에 가지 않는다. ███와 ███는 얼굴 반쪽이 통통 붓고 온몸에 시퍼렇게 멍이 든 내가 부끄러워서 학교에 보내지 않는다. 아프다는 소식에 병문안을 온 친구는 내 얼굴을 보고 운다. 예쁘던 얼굴이 다 망가져서 속상하다고 운다. 나는 ██를 봐도 ███와 ███를 봐도 언니를 봐도 친구를 봐도 울지 않는다. 지금 나는 슬프지 않고 화만 난다.

　　다시 오늘로 돌아온다. 나는 스물네 살이고, 그날 이후로 ██에게 맞은 적은 없다. 열다섯 살 때 내가 자해한 걸 들켜서 그럴 수도 있다. 열여섯 살 땐 ██가 그 일에 대해서 사과했다. 하지만 ███랑 ███는? 그들로부터는 사과의 말을 한 번도 들은 적 없다. 지금 화가 나는 이유는 내가 그 일에 대해 새까맣게 잊고 그들을 용서했다는 사실 때문이다. 잊어버린 거지 용서한 건 아닐 수도 있다. 나는 할 수만 있다면 그날로 돌아가서 그들이 보는 앞에서 자살해버릴 것이다. 언니에겐 미안한 일이지만, 그게 사람에게 가장 상처 줄 수 있는 방법이라는 걸 안다.

201×.××.××

〈더 페이버릿〉에서 애비게일이 말했다. "난 누구의 편도 아니야. 나는 내 편이야." 나는 '나도, 나도' 하고

생각했다. 거짓말이다. 나는 가끔 내가 가식적이라고
생각한다. 괴리감에 혼란스럽다. 다른 사람들이 보는
나는 인기도 많고 사랑스럽고 불행이라곤 하나도
겪어본 적 없을 것 같이 반짝이는데, 나는 다 끝난
무대 뒤에서 턱끝까지 차오르는 숨을 몰아쉬며
과호흡으로 죽어가고 있는 것 같다. 현은 이렇게
말했다. 모쪼록, 무대 뒤에서 쉬고 있는 네게 도움이
되는 친구였음 한다고. 내 삶은 거지 같다. 별자리
운세는 그렇게 좋은데 말이야.

201×.××.××

눈을 감으면 다시 그날로 돌아간다. 여기서 말하는
그날은 며칠 전 말했던 그날은 아니다. 여기서 말하는
그날은 밤늦게까지 게임하고 놀다가 도어락이 열리는
소리에 잠자는 척을 하고 정말로 잠에 들고 그다음에
누군가의 이름을 애타게 부르는 아빠의 울음소리가
들리고 구급차가 온 날이고 그 뒤는 기억나지 않는다.
아니 소리만 기억난다. 사람들의 말소리, 비명 소리,
앰뷸런스의 찢어지는 굉음, 발소리, 심장박동 소리,
심장이 멈추는 소리, 울음소리, 울음소리, 울음소리⋯
아, 아닌가? 이날이 아닐지도 모른다. 그날로 돌아간
걸 수도 있다. 애들이 나를 빙 둘러싸고 나는 영문을
모르고 걔네들은 나보다 고작 한 살 많은 주제에 나를

내려다보고 욕하고 때리고… 근데 나 때리던 그 언니
예뻤음… 이날도 아닌가 그날인가? 그 일베충이 나를
좋아해서, 좋아한다고 소문이 다 나서, 내가 친해지고
싶었던 그 여자애가 나를 싫어하게 되고 왜냐면 그
일베충은 그 여자애가 찜한 애니까… 나는 진짜 죽고
싶고 여자애들은 진짜 예민하고 재수 없고 그래서
깜찍하다고 생각하면서 꾸역꾸역 학교를 다니고…
아닌가? 이때는 생각보다 괜찮았던 듯. 아니면 그날일
수도 있다. 존이 소리를 지르고 나를 밀치고 내가
울고 개가 장난이었다고 달래고 그때인가? 아닌가?
언제임? 도대체? 전부임?

201×.××.××

조○○ 말대로 아침 약 먹고 기분에 대해 쓴다. 기분이
멍하고 더러움. 세상은 이렇게 아름다운데 나만
이걸 모르고 살았다고? '아빌리파이'라는 약 이름은
'어빌리티(ability)'에서 왔다고 한다. 모든 걸 가능하게
한다는 뜻이다. 재수 없는 약이다. 봄꽃은 아름답고
지나가는 사람들도 아름답고 기분은 산뜻한데 나만
이걸 모르고 살았다니 처참하다. 다들 이렇게 산다고?
이렇게 산뜻하고 멍하게? 그럼 조○○의 말대로
지금까지 내가 불행하고 우울했다는 게 진짜였던 거다.
내 불행은 진짜고 나는 불행하고 너무 많은 사건들이

벌어졌고 내 다리는 부러졌고 나는 거기에 팔을 붙여서 다리 대신 팔로 걸어 다니다가 엎어지고 다시 부러지고 반복하다가 이 지경이 된 거다. 끔찍함.

201×.××.××

◌

병원에 다니기 시작한 뒤 6개월 동안, 나는 침대에서 꼼짝도 할 수 없었다. 잠을 자려고 하면 죽을까 봐 무서워서 눈물이 흘렀고, 가만히 있자니 지나온 불운들이 넘실거리는 바람에 질식해 죽을 것 같았다. 움직이는 건 더 고역이었다. 친구를 만나러 나가는 것조차 힘에 겨워 집에서만 만났다.

현은 그런 나를 딱해했다. 달라진 게 있다면 현이 흘리는 눈물보다 내가 흘리는 눈물이 더 많아졌다는 것, 그리고 현이 나흘에 한 번 퇴근길에 집 앞의 피자 전문점에서 피자를 사 왔다는 것 정도였다. 현은 6천 원짜리 치즈피자에 파인애플 2천 원어치를 추가해 포장해 왔다.

나는 종일 누워 있다가 현이 돌아오면 피자를 두 조각 먹고 씻었다. 그리고 다시 앉아 혹은 누운 채로 일기를 썼다. 며칠에 걸쳐 피자를 꺼내 먹으면서. 일기에는 내가 아는 나쁜 놈들의 이름이 적혔다. 조 선생님부터 시작해 엄마, 아빠, 할머니, 할아버지, 김지수, 여정민, 조혜진, 박창, 실장님, 존 김, 루도빅, 맥스, 지소영, 어쩌구 저쩌구…. 데스노트도 이렇게 빼곡하진 않을 것이다. 나는 그들의 이름을 종이에 박음질하듯 꾹꾹 눌러쓰고 줄줄 울었다. 평생 참았던 눈물이 흐르고 있었다. 눈물로 강을 만들 수 있을 것 같았다.

우리들 안에선 더 이상
불운이 아니라는 것

Scene 5	Object 15

침대에 누워만 있던 6개월 동안 꾸준히 곁에 있어준 몇 명의 친구가 있다. 철학을 공부하고 명상을 즐겨 하는 준영, 룸메이트이자 사진을 찍던 현, 샐러드 시식 행사에 갔다 친해진 윤교. 우리 넷은 자주 모여서 영화도 보고 수다도 떨었다. 가만히 누워 줄줄 울다가도 얘네들과 만나기로 하면 집도 치우고 음식도 만들어 내놓을 기운이 생겼다.

윤교는 시간이 날 때마다 우리 집에 들렀다. 나는 윤교가 온다는 문자에 벌떡 일어나 과일을 사 왔다. 어떤 날은 한라봉, 어떤 날은 딸기…. 우리는 함께 과일을 깎아 먹으면서 도란도란 이야기를 나누었다. 말을 하는 쪽은 주로 윤교였다. 큰 변화가 없는 나날을 보내는 나와 달리 윤교는 학교도 다니고 운동도 하고 친구도 관심사도 많았다. 나는 윤교의 이야기 속에서 학교도 가고 운동도 하고 친구도 사귀었다. 소설 『작은 아씨들』의 주인공이 된 것 같았다. 짧은 곱슬머리의 윤교는 조, 긴 파마머리를 땋은 채 정신병에 걸려 누워 있는 나는 베스. 소설을 읽을 때마다 베스가 참 딱했는데, 이제 그만 동정을 거두기로 했다. 한 명의 친구가 들려주는 이야기만으로도 이렇게 재밌는데 베스에겐 무려 세 명의 자매가 있었으니까.

가끔 윤교는 자신이 듣는 글쓰기 수업에 대해 이야기해주었다. 주로 수업에 참여한 학생들의 글에 대한 감상평이나 그들과 있던 사소한 에피소드를 이야기해주었지만, 내가 계속해서 듣고 싶었던 건 윤교의 글쓰기였다. 아무것도 아닌 이야기를 썼는데 왜인지 그 글을 낭독하면서 울게 됐다는, 더 써보라는 선생님의 말이 밉기도 하지만 더 썼더니 개운해졌다는, 조금 더 내밀한 이야기를 할 용기가 생겼다는, 윤교가 만들어가는 글쓰기에 대한 얘기.

나는 윤교에게 우리도 글쓰기 모임을 만들어보는 게 어떠냐고 넌지시 제안했다. "나는 집을 나갈 힘도 사람들을 만날 기운도 없으니 너희가 우리 집에 와서 같이 글을 써줘." 뻔뻔하기 그지없었다.

모임의 이름은 '내면 응시 가능'이었다. 줄여서 '내응가'. 글쓰기 모임의 규칙은 이러했다. 첫째, 각자 맛있는 걸 사 들고 모일 것. 둘째, 각자 쓰고 싶은 주제를 적어서 제출하고 뽑기로 그날의 주제를 정할 것. 셋째, 서로의 글을 비웃지 않을 것. 넷째, 글을 쓰기 전에 같이 밥을 먹을 것. 다섯째, 모임이 끝나고 술을 함께 마실 것. 여섯째, 가끔은 영화도 볼 것. 일곱째, 가끔은 여행도 다닐 것….

매주 목요일이면 친구들에게 그날의 요리를 말했다. 뭉근한 버섯 카레, 시판 소스를 이용한 에그 인 헬, 귀찮은 날엔 라면, 가벼운 게 당길 땐 팬케이크, 싱싱한 삶은 꼬막 등. 아침이 오면 벌떡 일어나 샤워를 하고 근처 시장에 가 재료를 샀다. 요리는 혼자 할 때도 현과 함께 할 때도 있었다. 친구들은 일과를 마치고 메뉴에 어울리는 곁들임 요리나 디저트를 사 왔다.

우리는 둘러앉아 음식을 나눠 먹고 한 주 동안 무슨 일이 있었는지 이야기를 나눈다. 밥을 다 먹으면 각자 자리를 잡고 핸드폰이나 노트북, 노트를 꺼낸다. 15분 타이머를 켜고 몸풀기용 글쓰기를 시작한다. 아무 말이나 해도 좋다. 지금의 기분에 대해서 얘기해도 좋고 일주일간 있었던 재미난 일에 대해 써도 좋다. 감명 깊게 본 책이나 영화에 대한 감상문을 써도 된다. 타이머가 울리면 모두 행동을 멈추고 글을 돌려 읽는다. 이때는 모두의 글을 읽진 않는다. 옆자리에 앉은 사람의 글만 읽는다.

이제 종이를 4등분해서 각자 쓰고 싶은 주제를 적는다. 네모반듯하게 접은 뒤, 한데 모아 섞고 그날의 담당자가 그중 하나를 뽑는다. 오늘의 주제는? 두구두구두구….

언젠가 현은 이 모임에 대해 '우주선을 타고 나도 모르게 빛의 속도로 이동하는 것 같다'고 말했다. 우리는 분명 5분밖에 글쓰기를 하지 않았는데 지구의 시계는 15분이나 지난 것이고 15분 글쓰기를 자주 한다면 영화 〈인터스텔라〉의 주인공처럼 천천히 늙을 수 있는 게 아니냐는 엉뚱한 상상도 덧붙였다.

이상하게도 일기를 쓰면 눈물만 나는데, 글쓰기 모임을 할 때는 친구들을 웃기고 싶다는 욕망이 치솟았다.

내 친구들은 다 공감을 잘하니까 내가 슬픈 애길 하면
하염없이 슬퍼질 것 같았고, 아무래도 슬프기만 한
이야기를 가지고 집으로 돌아가는 것보다는 약간만 슬프고
많이 웃긴 이야기를 가지고 돌아가는 편이 즐거울 테고,
그 즐거움이 다음 주의 모임을 기대하게 만들어줄 것이다.
나는 친구들과 오래오래 이 모임을 이어나가길 바랐다.

　　나는 써두었던 일기를 바탕으로 내게 일어난 불운을
재조립하기 시작했다. 불운이 일기장에만 있으면 그저
기록이지만 일기 밖으로 나간다면 유머도 구호도 소설도
시도 쇼도 될 수 있을 것만 같았다.

　　나를 강간한 남자애들의 고추 크기를 비교했다. 힘
말고는 아무것도 없어서 강간이나 해대는 그들의 찌질함을
마음껏 비웃었다. 내 정신병은 머리로 오는데 그들의
정신병은 왜 고추로 가는지 질문했다. 자지 때문에 무너진
그들의 습자지 같은 우정을 비난했다. 나를 미워한 그
여자애가 사실은 내 스타일이었다는 문장은 잊지 않고
넣었다. 그 여자애 때문에 육체적 정신적 마조히스트가 된
것 같다고 자조했다.

　　낭독을 시작하면 친구들은 포크를 내려놓고 귀를
기울였다. 그 애들은 내 입술이 떨어지길 기다리고
있었다. 세포 하나하나까지 온 신경을 곤두세우고서. 나는
심호흡을 한 번 하고, 차분히 글을 읽어 내려갔다. 떨리는
목소리를 들키지 않으려 애썼다. 애들은 어느 대목에선

파안대소를 하다가 어느 대목에선 훌쩍였다. 글을 끝까지 읽고 나면 애들은 손바닥이 벌게질 때까지 박수를 쳤다. 그러고선 말했다. 예인의 글은 슬픈데 웃긴 구석이 있어서 울다가도 웃게 된다고. 나는 알았다. 우리들 안에선 불운이 더 이상 불운이 아니란 것을. 나는 내 불운을 조물락거리고 있었다.

Without Frame

Scene 5	Object 16

스물두 살의 나는 여자들의 사진을 찍기로 결심했다. 당시 미디어에서 재현하는 여성의 모습은 다소 납작해 보였다. 꿈이 많은 당찬 소녀의 모습 아니면 순진해서 아무것도 모르는 듯한 얼굴, 그것도 아니면 능숙하고 섹시한 요부의 모습이었다. 물론 그런 모습의 여자들도 존재하지만 나는 그 모습이 전부가 아니라는 걸 알았다. 내가 아는 여자들은 좀 더 다채로웠다. 틈만 나면 울어재끼고 시기하고 미워하고 질투하고 화도 많고 저밖에 모르고 남자를 너무 좋아해서 꼴불견이고 시끄럽고 말 많고 실수도 많이 하면서 맥맥거리고…. 나는 그 여자들을 사랑했다.

캐리어에 필름 60롤과 카메라 두 개를 챙겨 갔다. 작은 토이 카메라 하나와 커다란 반자동 카메라 하나. 나는 호주에서 마주치는 여자들을 다 찍어댔다. 친해진 친구들의 얼굴을, 산책하면서 만난 모르는 여자의 얼굴을. 그중에는 아이도 있고 노인도 있었다. 아이들의 부모는 사진을 찍어도 되냐는 물음에 기쁘게 답했고 나는 그들의 메일을 받아 적고 셔터를 눌렀다. 한 마오리족 할머니는 사진을 찍게 해줄 테니 돈을 내라고 요구하기도 했다. 나는 그 할머니의 뻔뻔함이 못내 좋았으므로 꾸깃꾸깃한 지폐를 꺼내 그녀에게 내밀었다. 그녀는 사진을 위해 기타를 연주해주었다.

그 여자들의 사진을 묶어 올리니 사람들이 열광했다.

대중이 어떤 이미지와 이야기를 좋아하는지 알고 있는
내게 사람들의 찬사를 끌어내는 일은 꽤나 쉬웠다. 수백의
좋아요, 팔로우, 댓글들. 전시 요청과 광고 사진으로
쓰고 싶다는 요청이 왔다. 나는 관심에 힘입어 계속해서
사진을 찍었다. 한국에 돌아온 뒤에는 또래 여자애들을
섭외해 그들이 뛰어다니거나 물구나무를 서거나 이리저리
움직이고 고민하고 슬퍼하는 사진을 찍었다.

　　사진으로 한번 유명세를 탄 이후로도 나는 여러
직업들로 생계를 유지했다. 인체모델도 그중 하나였다.
그러다 그 일을 관두고 집 밖으로 나가지 않고 일기만
썼다. 회복의 글쓰기를 하고 나서야 다시 카메라를 들어볼
결심이 섰다. 밖에 나가 셔터를 누르는데 등 뒤로 식은땀이
한 줄기 흘러내렸다. 망했다. 원하는 사진은 나오지 않을
작정이다. 애초에 내가 뭘 원하는지 모르겠다. 카메라를
통해서 하고 싶은 말이 뭐지?

　　처음에는 스스로 여성을 대상화하고 있다고 느꼈다.
모델을 앞에 두고 크로키를 그리는 사람들의 손과
피사체를 향해 렌즈를 들이밀고 셔터를 누르는 내가
똑같이 여겨졌다. '남성적 시선'이 대체 무엇인지, '여성적
시선'은 가능한 건지 공부했다. 소용은 없었다. 카메라의
권력을 해체해보자는 목표를 가지고 모델과 함께 알몸이
되어 사진을 찍어보기도 했지만, 미묘한 권력관계가
발생했다. 모델은 피사체가 됨으로써 생기는 불편함을

여전히 느낀다고 했다. 카메라맨이 아무리 알몸이라도 카메라에 드러날 일은 잘 없으니까. 모델은 카메라 앞에서 오롯이 혼자였다. 카메라를 내 쪽에도 두면 어떨까 싶어 촬영 전부를 녹화해보기도 했지만 원하는 결과는 나오지 않았다. 나는 뷰파인더를 통해 피사체의 얼굴을 보며 깨달았다. 그는 내가 인체모델을 할 때 지었던 그 표정을 짓고 있었다. 지금 스스로가 하고 있는 일이 진짜라고 믿고 있지만 한편으로는 이건 가짜라고, 집으로 돌아가 나만 아는 비밀을 고르고 고를 거라고 다짐하는 표정.

○

뭘 해서 먹고살지 막막했고 가슴속에서 뜨겁게 올라오는 에너지를 해결하고 싶었다. 아는 사람이 인체모델 일을 권유했다. 일을 수락하기도 전, 가장 먼저 한 일은 가운을 고르는 것이었다. 예전에 봤던 어떤 만화책에서는 인체모델 일을 하기로 한 딸에게 엄마가 가장 좋은 외투를 건네줬다. 나는 엄마가 없으니까 스스로 준비해야 한다는 생각이 들었다. 중국 직구 사이트를 뒤져 꽤 화려한 옷으로 골랐다. 검정 바탕에 핑크색의 꽃이 그려진 새틴 재질의 가운. 그 가운을 입은 언니들은 멋져 보였다. 나는 앞으로 홀딱 벗고 있겠지만 누구도 내 몸을 만만히 볼 수 없도록 무서운 사람으로 보이고 싶었다.

그 뒤로는 모든 게 빠르게 진행됐다. 면접을 보고 일을 받는 데 2주 걸렸나? 다행히도 일은 적성에 맞았다. 어릴 때 오래 했던 무용이 큰 도움이 됐다. 계란을 쥔 듯 손을 둥글게 말되 검지는 길게 뻗을 것, 그러나 과하게 힘주지 말 것, 어깨를 말 때는 양 끝에 힘을 주고 목을 빳빳이 들되 머리는 살짝 숙일 것, 시선은 저 멀리, 배에 힘을 주되 떨리지 않을 정도로, 서 있을 땐 한쪽 골반에 기대어서, 발등은 둥글게, 발끝은 꼿꼿하게 편 채로. 사람들은 아름답다고 말했다. 눈빛이 묘하다고 했다. 왁자지껄 떠들다가도 내가 등장하면 다들 숨을 죽이고 나를 기다렸다. 음악을 고르고 타이머를 맞추는 시간에는 내가 핸드폰을 두드리는 소리만이 들렸다. 토토톡. 발을 뗀다. 단상으로 올라간다. 여전히 내 발소리만 들린다. 가운을 벗으려 허리춤에 손을 댄다. 누군가 꿀꺽 침을 삼킨다. 온몸에 땀이 마른다. 손과 발끝은 차가워진다. 점점.

시간이 5분에서 3분으로, 1분으로, 30초로 줄어드는 순간이 좋았다. 함께 춤을 추는 것 같았다. 그들의 눈은 번쩍번쩍 빛났고 팔은 빠르게 움직였다. 나도 더 과감하게 관절을 꺾고 머리를 돌리고 몸을 웅크렸다가 펼치고 뛸 것처럼 발을 들었다가 내려놓았다. 몸에 쌓아둔 오래된 에너지들이 밖으로 밖으로 뻗어나갔다. 나는 그걸 작은 해방 정도로 여겼다. 정정당당한 대결 같았다. 그들과 나

사이에 존재하는 이해관계가 좋았다. 한 시간에 3, 4만 원을 받고 나체인 나를 제공하면 그들은 눈으로 보고 손으로 그린다. 그렇게 얇은 종이 위에 납작하게 달라붙은 내가 탄생한다.

사람들은 나를 그리고 있다고 착각하면서 나를 그리고 있지 않았다. 자신의 욕망을 필터 삼아 재생성된 몸. 그들이 매혹적이라고 여기는 신체의 모양이 훤히 드러났다. 나는 나를 통과하는 욕망을 훔쳐보는 일을 좋아했다. 나만 내어주고 있는 게 아니란 위안이 들었다. 내가 몸의 모양을 제공하면 그들은 내게 욕망을 꺼내어 보여주는 식으로 서로의 비밀을 교환하고 있다고 믿었다.

마음 한구석에서는 납작하게 붙어서 숨 쉬지 않는, 내 몸이었을지도 모르는 선들을 보며 공허함을 느꼈다. 애초에 '내 몸'이라는 게 있을 수가 있는 건가? 그 선들은 분명 내 모습이었지만 한 번도 나였던 적이 없었다. 그 사실을 깨달을 때마다 헛헛함이 몸을 덮쳤다. 색정적인… 이상한… 몸. 투명한, 나를 통과하는 몸. 남지 않는 몸. 내 것이었던 적이 없던 몸, 타인의 인정하에만 존재하는 몸, 아무것도 아닌 몸, 애초에 주인이라곤 없는 몸.

살갗이 익어버릴 것처럼 뜨거운 물을 틀고 샤워했다. 그때마다 나는 한참 동안 몸 구석구석을 뜯어보았다. 등 위에 스키드마크 같은 옅은 화상이 생겨날 때까지. 굳어 있던 근육이 열기에 풀어지고 나면 쭈그리고 앉아 몸에

난 털을 뽑고 밀었다. 팔과 다리, 겨드랑이, 가랑이 사이,
손가락 위, 배꼽 아래 옅은 솜털까지 모두 없앨 기세로.
집요하게 살펴보고 지워갔다.

시간이 흐를수록 내 몸은 붉어지고 매끈해졌다.
배수구로 흘러내려가는 비누거품과 털이 보였다. 이건 그
사람들은 모르는 나의 작은 조각들이었다. 내 마음대로
없애고 다시 기를 수 있는, 초라하고 볼품없는 무언가들.
더 크게 확대하고 들여다보아야만 알아낼 수 있는 비밀들.

○

찍지 못하는 상태는 이어졌다. 무얼 찍어야 하는지,
무얼 찍고 싶은지 갈피가 잡히질 않았다. 기계적으로
여자들의 모습을 찍어대면서 절망했다. 글쓰기를 통해
말할 수도 있겠지만, 아무래도 나는 사진이 더 좋았다.
사진 안에서만 발굴되는 욕망이 있었다. 줌을 당기고
당겨서, 익스트림 클로즈업으로 낱낱이 박제되는 이미지가
좋았다. 사진을 찍고 싶었다.

막막함에 몸부림치다 찾게 된 건 나보다 먼저 그
길을 걸어간 선배 사진작가였다. 그는 여성으로서의
정체성, 본인의 가족을 끈질기게 바라보며 자신을 둘러싼
삶을 작업으로 내보이는 사람이었다. 나는 그가 수업을
한다는 소식을 전해 듣고 메세지를 보냈다. 그는 돌아오는

월요일에 청강을 오라고 했다. 수업은 최소 네 명에서 최대 열 명의 인원으로 진행됐다. 매주 한 번씩 망원동의 작업실에서 만나 일주일간 찍은 사진을 발표하고 합평을 했다.

나의 사진을 쭉 살펴본 선생님은, "열심히 찍었네요"라고 말하고 "무얼 찍고 싶어요?" 물었다. 잘 모르겠다고 답했다. 선생님은 잠시 고민하다가 가벼운 카메라를 들고 사진을 많이 찍어 오라는 숙제를 내주었다.

나는 카메라를 들고 하루에 서른여섯 장씩, 한 롤을 꼬박 찍었다. 집에만 있는 날에는 집에서, 밖에 나가는 날에는 밖에서 셔터를 눌렀다. 셔터의 리듬감이 좋았다. 셔터 스피드와 조리개를 조정해 노출을 맞추고 초점을 잡은 뒤 삐빅, 철컥.

현상해 간 사진 속에는 여러 장면의 내가 있었다. 울고 있는 나, 고양이를 안고 있는 나, 썩은 음식들, 애인과 부둥켜안고 있는 나, 홀딱 벗고 멋지게 서 있는 나. 사진을 보며 마치 사진 속 시공간으로 되돌아간 것만 같다고 느꼈다. 모든 게 기억났다. 왜 울었는지, 고양이의 감촉은 어땠는지, 뭘 먹었고 무슨 대화를 했는지, 어떤 사건이 벌어졌는지….

목적을 모르는 채로 계속해서 사진을 찍었다. 체력이 다한 날에는 여전히 누워만 있었지만 그래도 한 장은 찍어야 하루를 끝낼 수 있었다.

당시 내게는 여전히 이상한 일들이 벌어지곤 했다.
내 몸에 일어나는 일뿐만 아니라 여러 크고 작은 사건들이
뒤따랐는데, 자전거를 타고 가다가 모르는 아저씨에게
욕을 먹거나 멀리서 쫓아오는 남자를 발견하는 식이었다.
나는 그들도 찍었다. 그들을 찍지 못하면 도망가는 내
얼굴을 찍었다. 겁먹고 눈물 자국이 말라 있고 화가 나
찡그린 내 얼굴을.

사진 수업에 모인 이들은 서로의 작업물을 자기
것만큼 날카롭게 바라보았다. 사진을 한 장 한 장 넘겨보며
"왜"를 물었다. "저도 잘 모르겠어요"라고 대답하면 혼이
났다. 그럴듯한 이유를 불러내 설명해야 했다. "이걸 찍고
싶었던 것 같아요", "이게 아닐까요?" 날카로운 시각에
질려 눈물을 흘리는 날도 있었고 정곡을 찔려 분을 삭이지
못하는 날도 있었다. 미처 모르던 사실을 타인이 발견해준
날도 많았다.

수업을 다녀온 날이면 진이 빠져 방바닥에 한참
엎드려 있었다. 이불 아래 들어가도 몸이 찼다. 땀에
흥건히 젖을 만큼 전기장판 온도를 올려야 긴장이 풀렸다.

가끔은 도망치고 싶었고 도망쳤다. 아무것도 말하기
싫은 감정에 종종 압도되곤 했고, 수업에 나가지 않는
날도 있었다. 선생님과 동료들은 재촉하지 않았다. 몇 주가
지나도 기다려주었다. 그저 "예인이 또 도망가겠네~"
하고 놀릴 뿐이었다. 과정이 거듭될수록, 그들만은

진심으로 내 작업을 봐주고 있다고 느꼈다. 사진이 없어도 수업에 나가는 날이 늘었다. 작업이 없다는 창피함을, 함께하고픈 마음이 이겨내곤 했다. 적어도 이들은 내 작업을 왜곡해서 듣지는 않고 있다는 믿음이 생겼다.

　　좋은 사진을 찍는 일에는 자주 실패했다. 하지만 사진으로 무얼 하고 싶은지는 깨달았다. 나는 세상을 따뜻하게 바라보는 사진을 찍거나, 사진으로 세상을 이롭게 하고 싶지는 않았다. 내가 본 세상은 쪼잔하고 치졸했다. 나는 세상이 가진 최악의 면을 몰래 찍어서 길이길이 기억하고 놀려 먹고 싶었다. 내가 찍은 사진 안에는 내가 겪은 모든 이상한 일들이 있었다. 나는 미친 여자가 아니라고, 이건 '진짜', '정말로' 일어난 일이라고 꽥꽥대면서 말하지 않아도 사진에는 남아 있었다.

　　무서운 게 많은 내가 떠올린 최고의 복수였다.

이상한 여자들을 미워하는
여자들

Scene 5	Object 17

2015년 페미니즘 리부트 이후로 내 삶에도 새 막이 열렸다. 페미니즘은 내가 겪었던 기타 등등의 사건들이 모두 견고한 가부장제 아래 존재하는 여성혐오 때문이며 '여성은 여성의 적이다'라는 명제는 잘못된 일반화에 불과하다고, 우리는 모두 서로의 자매이며 친구이기 때문에 힘을 합쳐 연대해야 한다고 말했다. 착한 여자는 천국에 가고 나쁜 여자는 어디든 갈 수 있다고, 남(자)들의 시선에 맞춰진 삶이 아닌 스스로가 원하는 삶을 살아보라고 했다. 브래지어를 벗고 함께 다음의 세상으로 나아가자고 외쳤다. 이런 문구들은 20여 년 평생 동안 남(자)들의 시선과 외모 강박에 시달려온 내게 한 잔의 시원한 생수 같았다. 아니, 생수보다는 이런 느낌에 가까웠다. 거리의 비둘기조차 지친 무더운 여름날, 버스 배차 간격도 길고 지하철의 에어컨조차 시원하지 않아 폭삭 지치게 되는 그런 여름날, 티셔츠 아래 땀이 흥건하고 말할 기력조차 없어 얼른 집으로 가야겠단 생각만 드는 그런 여름날. 자글자글 익어가는 아스팔트의 열기를 견뎌내며 그늘 밑을 찾아 요리조리 숨고, 유난히 높게 느껴지는 계단을 오르고, 비밀번호를 누를 때도 축축한 손의 땀 때문에 두어 번 미끄러지고, 세 번의 시도 끝에 마침내 집에 들어가 티셔츠 등 뒤로 손을 넣어 브래지어 끈을 푼 뒤 선풍기 앞으로 달려갔을 때 선풍기의 시원한 바람이 가슴께 송글송글 맺혀 있던 땀을 말리는 느낌.

시원하다… 이것이 페미니즘의 첫인상이었다.

나는 머리를 짧게 자르고 화장품을 하나씩 버리기 시작했다. 명치 둘레를 꽉 죄던 에메필 왕뽕브라를 다 갖다 버리고 테니스 스커트를 장롱 깊숙이 넣어두었다. 페미니즘 서적을 닥치는 대로 사 읽었다. 새 옷은 모두 페미니즘 문구가 새겨진 옷이었다. 더 이상 객체화되고 싶지 않다는 생각에, 모델 일을 그만두었다. 친구들에게 매일같이 설교를 늘어났다.

'깨달음'을 얻고 나와 함께 자매의 길을 걷는 친구들도 있었지만, 아직 잘 모르겠다며 자매가 되길 주저하는 친구들도 있었다. 나는 그들을 다그쳤다. 너 때문에 여성 인권이 후퇴하고 있는 거야. 나는 그들의 몫까지 싸우겠다며 인터넷에 글을 올리고 시위에 나갔다. 그곳에는 나처럼 머리가 짧고 브래지어를 입지 않은 민낯의 얼굴들이 있었다. 함께 구호를 외치며 앞으로 앞으로 걸어가니 우리가 바라는 세상이 금세 도래할 것만 같았다.

어느 날 포털을 돌아다니다 이런 게시글을 봤다. "여성 인권을 위해 우리는 정치적 레즈비어니즘을 지향해야 한다. 가부장제를 무너뜨리기 위해 이성애를 그만둬야 한다." 함께하자는 자매들의 연대로 댓글 창이 가득했다. 마음이 덜컥 내려앉았다. 스스로가 여자를 좋아한다는 사실이 너무 싫어 견딜 수 없던 시간들이 스쳐 갔다. 왜 이렇게 태어난 건지에 대해 끊임없이 질문하던 시간이, 좋아하는 친구를 보며 전전긍긍하던 시간이, 혹여나 그 친구가 징그럽다며 나를 미워할까 봐 악몽을 꾸던 시간이 빠르게 스쳐 갔다. 자매들에게 내 지향성은 남성과의 위계적 관계를 탈출하기 위한 도구일 뿐일지도 모른다는 생각이 들었다. 자매들은 이어 말했다. "그러나 레즈비언은 여성에 대한 성적 대상화를 멈추지 않는다. 그들은 여성혐오자다."

어딘가 삐걱거리기 시작했다. 자매들의 구호를 따를수록 감춰야 할 것이 많아졌다. 종종 야한 옷을 입고 싶은 마음도 숨겨야 했고, 여자 가슴을 보고 욕정을 느끼는 걸 비밀로 해야 했고, 남성향 애니메이션을 보는 것은 규칙 위반이었다. 마른 몸이 드러나는 옷을 입거나 가슴 사이즈에 대해 말해선 안 되었다. 그것 역시 자매들을 배반하는 것이기 때문에. 그들은 외쳤다. "그런 몸은 정상적인 여자의 몸이 아니다!", "여자를 욕망하는 것은 잘못되었다!", "부끄러워해라!", "너희는 이상하다!". 잘 숨겨두었던 욕망이 삐져나올 때마다 비난이 쏟아졌다.

주변을 둘러보니 자매들이 '이상하다'고 일컫는 여자들이 보이기 시작했다. 친구 영은은 나와 마찬가지로 섭식장애를 앓고 있다. 일정하게 유지되는 몸무게를 보며 스스로 통제할 수 있는 무언가가 있다고 느낀다. 이 감각은 무엇 하나 마음대로 할 수 없는 영은의 상황에서 유일한 위안이다. 그러나 자매들은 영은을 보며 말했다.
"프로아나는 멍청해서 하는 선택이다." 또 다른 친구
지원은 지방 소도시 출신이다. 넉넉하지 않은 집에서
자랐고 서울에 오기 위해서 많은 비용과 노력을 지불해야
했다. 지원의 동창생들 중 대부분은 여전히 지방에 산다.
결혼을 하고 아이를 낳은 친구들도 몇 있다. 자매들은
지원의 동창생들을 보며 말했다. "어떻게 결혼을 선택할 수
있냐. 앞으로 페미니즘에 편승할 생각 마라."

　　자매들은 지치지 않고 손가락질을 했다. 그들은
수연을 가리키며 말했다. "트랜스젠더는 용인할 수 없다."
그해 한 여대는 입학 예정이던 트랜스젠더 여성에게 입학
취소를 통보했다. 이듬해, 변희수 하사의 사망 소식이
들려왔다. 자매들은 지희를 가리키며 말했다. "성노동을
노동으로 인정할 수 없다." 그러나 자매들은 어떤 법적
보호도 받지 못하고 있는 성노동자 여성들에겐 관심이
없었다.

　　나는 손가락질하는 자매들의 손 끝을 보았다.
그곳에는 수많은 여자들이 있었다. 지나치게
냉소적이거나, 지나치게 사랑이 많거나, 지나치게
멍청하거나, 지나치게 여자를 좋아하거나 혹은 여자와
맞지 않거나, 지나치게 여성이 되고 싶거나 혹은 되기
싫거나, 지나치게 규범에 맞거나 혹은 규범에서 이탈하는
사람들이 있었다. 자매들이 말하는 좁디좁은 연대의 원

안에는 그 '지나친' 여자들이 설 곳은 없어 보였다. 그 원 안에는 능력 있고, 자신감 넘치며, 야망 있고, 당당하며, 멋지고 능숙한 도시의 여자들만 있는 것 같았다.

　　나는 더 이상 자매들의 이상을 따를 수 없어졌다. 내게도 지나친 구석이 많았기에, 나는 내 옆에 있는 지나친 친구들과 함께하고 싶었다. 자매들이 우리를 손가락질하고 이상하다고 욕해도 상관없었다. 더는 누군가를 버리고 밟으며 위로 올라가고 싶지 않았다. 이탈하기로 결심한다. 페미니즘을 말하면서도 누군가를 배제하지 않는 사람들은 다른 곳에도 충분히 있었다. 자매들의 외침이 공허한 메아리가 되어 사라져갔다.

여기 있는 여자들

Scene 5	Object 18

수원역 성매매 집결지의 첫인상은 빛이 잘 들지
않아 겨우내 눈이 녹지 않는다는 것이었다. 좁디좁은
골목 사이로 가게들이 다닥다닥 붙어 있고 여자들은 나의
카메라를 보며 불쾌한 기색을 숨기지 못했다. 여성단체
활동가들이 "우리를 반기지 않는 언니들"도 있다고
미리 말해주었지만, 카메라를 든 이후로 처음 겪어보는
적나라한 의심의 눈길에 주눅이 들었다.

　　당시의 나는 돈이 없었고, 동시에 여성의 일이라면
발 벗고 나설 준비가 되었다고 믿었다. 성매매 집결지에
대해 '여성을 착취하기 위해 만들어진 곳'이라는 단편적인
생각만 가지고 있었기에 여성단체에서 '수원역 성매매
집결지의 여자들을 구조하고 성매매 집결지에 소방도로를
만들기 위한 프로젝트의 사진을 촬영해달라'고 요청했을
때 화끈하게 수락했다. 촬영비까지 준다는 말에 쾌재를
불렀던 것도 같다. 나는 한 시간에 한 번 오는 빨간 버스를
타고 한 시간 반가량을 달려 수원역으로 갔다.

　　여성단체와의 첫 미팅 날. 그들은 수원역 성매매
집결지의 역사를 설명해주고 성노동자 여성들에게 어째서
'노르딕모델'이 필요한지, 또 성노동자 여성들을 위해 어떤
복지가 펼쳐질 것인지 장황하게 설명해주었다. 그리고
여성 착취의 역사를 기억하기 위해서 촬영이 필요하고,
그렇게 촬영한 사진은 전시를 통해 사람들에게 공개될
거라는 말을 전했다. 성노동에 대해 뾰족한 지식이나

의견 없이 '상황이 어떠하든 성노동자 여성들의 잘못이
아니다'라는 생각만 갖고 있던 나는 겨울부터 여름까지 세
계절을, 오롯이 수원역 성매매 집결지 촬영에 쏟았다.

첫날에는 사진은 몇 장 찍지도 못하고 유리창
너머에 있는 여자들의 눈치를 보며 패딩 속으로 카메라를
열심히 숨겼다. 그로부터 얼마 뒤 다시 방문했을 때의
기억을 되짚어보면, 그날에는 수원역 집결지로 가달라는
말에 익숙한 듯 운전하던 택시 기사나, 입구에 버젓이
서 있는 현금인출기, 그리고 여전한 여자들의 눈빛이
남아 있다. 나는 활동가와 함께 골목을 걸어다니는
내내 "엠비티아이가 어떻게 되세요?", "오늘 날씨가 참
좋네요" 따위의 말을 늘어놓았다. 집에 돌아온 뒤에야
정신을 차리고서 쓸데없는 말들을 했다고 한참 후회했다.
의자에 앉아 울면서 꾸역꾸역 사진을 편집했고 블로그에
'죽고 싶다'고 글을 올렸던 것 같다. 지금 느끼는 고통이
무엇으로부터 비롯된 건지, 왜 이렇게 눈물이 나는지는
알지 못했지만 확실히 사진은 아무짝에도 쓸모없는
매체라고 느꼈다. 그럼에도 이 일을 무사히 잘 해내고
싶어서 여기저기 도움을 요청하며 2주에 한 번 성매매
집결지를 방문했다.

계절이 흘러도 눈은 여전히 녹지 않았다. 여자들은
여전히 나와 나의 카메라를 불편해했지만 간혹가다 "아
그때 활동가분들이랑 같이 오셨던 분"이라며 자신의

터전을 쉬이 공유해주던 이들도 있었다. 여자들보다 먼저 나를 알아본 강아지들이 힘차게 뛰어오곤 했다. 나는 없는 기력을 끌어모아 여자들에게 인사하고 강아지에게 인사하고 다시 숫기 없는 얼굴로 그들의 설명에 따라 금고와 콘돔과 타이머와 하이힐을 찍었다. 마음에 드는 결과물은 점점 늘어났지만 사진을 편집할 때마다 '아무짝에도 쓸모없음'에 대한 괴로움은 여전히 따라붙었다.

여성단체에서 주최한 전시에 참여하는 예술가들을 위한 '성매매 집결지 바로 알기' 워크숍이 촬영과 병행됐다. 단체에서는 성매매 구조가 얼마나 착취적인지, '언니들'이 얼마나 불쌍한 사람들인지, 열악하고 취약한 환경 속에서 그들이 왜 이 일을 할 수밖에 없는지 구조적인 문제를 짚으며 그들은 '불쌍한 피해자'라고 했다. 동시에 수원역 성매매 집결지 폐쇄로 인해 얼마나 많은 '언니들'이 '구원'받을 수 있는지 강조했고 궁극적으로는 '언니들'을 착취의 구조에서 빼내는 것이 그들의 목표라고 말했다.

그 설명에 고개를 주억이다가도 동시에 많은 의문점들을 떠올렸다. 여자들이 이곳을 떠나면 잘 살 수 있는 건지, 그에 앞서 한참의 터전이었던 곳을 두고 쉬이 떠날 수 있는지, 떠난다면 그들을 위한 집이 준비되어 있는지, 복지시설에서 배우는 일들로 자립할 수 있는 건지, 한 달에 2백여 만 원 이상을 벌 수 있는 일인지, 몸이

아파서 일을 하지 못한다면 그런 여자들은 어디로 가야
하는지, 말이 안 통하는 여자들은 어디로 가야 하는지,
더 취약한 여자들은 어떻게 책임질 것인지, '무결한'
피해자만이 이 모든 복지를 누릴 수 있는 건지, 자처해
성노동을 하는 여자들은 해당되지 않는 건지, 자발적인
성노동이라면 문제가 될 수 있는지 등… 묻고 싶은 것들이
한가득이었지만 묻지 않았다. 나는 모르는 게 많으니까,
이 문제에 대해 더 많이 공부하고 고민한 활동가들의 말이
대부분 맞을 거라고 쉽게 결론지었다.

　촬영은 계속되었고 정신을 차려보니 불쑥
여름이 왔다. 그즈음 집결지에 드나드는 건 공사용
포크레인뿐이었다. 알록달록했던 가게들은 모두 문을
걸어 잠그고 불을 켜지 않았다. 건물과 담벼락이 군데군데
부서져 골목은 더 이상 골목의 모습이 아니었고 그
자리에서 살아가고 일도 하던 여자들은 어디로 갔는지
코빼기도 보이지 않았다. 남아 있는 건 여자들이 거울에
붙여놓은 피카츄 스티커 따위. 그리고 다이소에서 산
게 분명한, 가격표도 떼지 않은 3천 원짜리 크리스마스
리스뿐이었다. 여자들이 설명해준 금고도 타이머도,
방이었던 것의 바닥에 굴러다녔다. 답답함이 치밀었다.
왜 답답한지는 몰랐다. 그저 참을 수가 없어 부서진 문을
열고 거리로 뛰쳐나갔다. 거리에는 한 가족이 폐허가 된
집결지를 구경하고 있었다. 부모는 아이들에게 "여기가

'그랬던' 데야"라고 말하며 집결지를 오래된 추억처럼
회상했다. 택시에서 내린 남자들이 "에이 씻팔" 하면서
다시 택시에 탔다. 나는 카메라의 무게를 온 어깨로
느꼈다. 카메라가 이렇게 무거운 줄 알았더라면 카메라를
들지 않았을 거라고 중얼거리면서 두 블록을 걸었다. 아마
거의 기다시피 갔던 것 같다.

두 블록을 지나니 번화가가 펼쳐졌다. 유명 닭갈비집,
프랜차이즈 빵집, 핸드폰 대리점, 청바지 가게, 1등 6회
당첨! 복권집, 꼿꼿이 서 있는 시계탑, 지하로 들어가는
개찰구, 그리고 사람들이 있었다. 지나친 소음과 사람들이,
지나치게 일상적인 사람들이. 로또를 사려고 줄을 서고
카페에서 커피를 시켜 먹고 친구를 기다리는 사람들이.
두 블록 건너의 세계는 저렇게 적막한데. 다들 아무
일도 없었던 것처럼 재빠르게 걸어가고 대화를 나누고
웃고 떠들고 유행가가 귓가에 쿵쿵쿵쿵 때려 박히고…
어지러움을 버티며 간신히 서 있다가, 문득 머릿속에서
어떤 이미지들이 끊임없이 재생됐다. 세 계절 동안 만났던
여자들의 얼굴이, 여자들이 정성스레 키우던 식물들이, 벽
한 켠에 붙어 있던 세계지도가, 정성스레 미용된 강아지가,
탐탁지 않다는 듯한 입매에서 자기 편이라고 믿는
눈빛으로 바뀌던 순간, 이것저것 설명하려 안달복달하던
얼굴, 벽에 붙여놓은 부적, 그리고 거울에 덕지덕지 붙어
있던 피카츄 스티커… 배 속이 부글부글 끓어올랐다. 나는

소리치고 싶었다. 그 여자들이 어디로 갔는지 아냐고.

　　집으로 돌아가는 버스에서 검색창에 '수원역 성매매 집결지', '수원역 성매매 집결지 행방', '수원역 성매매 집결지 여자들', '수원역 성매매 집결지 이후', '수원역 성매매 집결지 앞으로' 등을 미친 듯이 찾아보았지만 눈에 보이는 건 여자들에 대한 혐오의 말과 성매매 집결지가 사라진 사실을 기뻐하는 사람들, 정치인의 치솟은 지지율뿐이었다.

○

　　그리고 여름을 만났다. 장마가 한창이라 하늘이 뚫린 듯 비가 내렸던, 〈엄살원〉의 첫 촬영일이었다. 나는 두 대의 카메라와 삼각대를 바리바리 싸 들고 안담의 집으로 갔다. 카메라를 세팅하면서 이들의 곁에 섞이지 않고 그저 카메라 바깥에서 머무르리라 다짐했다. 카메라 안으로 들어가는 일은 너무 고되고 버거운 일이었다. 나는 카메라 뒤에 서서 여름과 엄살원 식구들이 만두 빚는 걸 한참 찍었다. 그들의 이야기보단 프레임이 어떻게 구성되는지에 집중하며 한 차원 뒤에 있는 사람처럼 굴었다. 그런데 귓가로 넘어오는 그들의 이야기에 마음이 살랑살랑 움직이는 것 같았다. 여름이 어떤 활동을 하는지, 여름이 어떤 감각으로 삶을 사는지, 어떤 엄살을 부리고 있는지를 듣다 보니 어느새 카메라는 저편에 세워두고 함께 만두를 빚고 있었다. 프레임 바깥에 있겠다는 다짐이 무색했다.

여름은 성노동자이며 동시에 '성노동자해방행동 주홍빛연대 차차'의 활동가라고 했다. 여름은 간혹가다 이유를 알 수 없는 통증에 몸이 아팠는데 어떤 병원에서도 진단명을 내려주지 않았다고 했다. 여름은 야학에서 사람들에게 자신이 아는 것들을 가르치고 있다고도 했다. 여름은 프레임 안에 성큼 걸어 들어가는 것도 모자라 프레임 안의 사람이 되기를 자처했고, 프레임 안의 다른 이들과 많은 것들을 나누고 있었다. 어쩌면 여름은 피카츄 스티커의 행방을 알고 있을지도 모른다는 생각이 들었다. 나는 촬영 이후에도 가끔 여름에게 연락해 이런저런 일에 대해 물었다.

가을이 가고 다시 겨울이 왔고 수원역 성매매 집결지는 허물어져 없었다. 그즈음 여름이 차차의 추모 집회에 초대했다. 차차에서는 해마다 살해된 성노동자를 위한 추모 집회를 가진다고 했다. 게리 리지웨이라는 미국의 연쇄살인범에게 살해된 성노동자들을 추모했던 것을 시작으로, 지금까지도 부당한 대우를 받고 살해되는 성노동자들을 위해 추모제를 여는 것이라고 했다. 그해 한국에서도 일하다 죽은 성노동자들이 있었다. 여름은 사정이 어려워 돈은 줄 수 없지만 카메라가 필요하다고 했다. 나는 동료 사진작가 지영과 함께 촬영에 가게 되었다.

긴장이 되었다. 또다시 수원역 성매매 집결지 때처럼⋯ 막막해하는 얼굴들을 마주하면 어떡하지? 겁에 질린 것도 같았다. 영하로 뚝 떨어진 기온에 옷을 최대한 껴입었다. 분명 사진을 찍을 때 많은 혼란이 엄습할 테니까, 몸이라도 따뜻해야 조금이라도 정신을 붙잡고 있을 거란 생각이었다. 허리춤에 핫팩을 덕지덕지 붙이고 양쪽 주머니에도 넣었다. 커다란 디지털카메라 하나와 필름 카메라 두 개를 챙기고 메모리 카드와 필름을 있는 대로 챙겼다. 지하철을 타고 동작대교를 건너며 몇 번이나 심호흡을 했는지 모른다.

도착한 한강진역에는 검정 옷을 입은 사람들이 삼삼오오 모여 있었다. 다들 일찍부터 나와선 차차에서 준비한 스티커를 몸에 붙이고 비장한 표정으로 앉아 있었다. 다 차지 않을 것 같던 의자는 금세 가득 찼고 자리가 모자라 사람들이 의자 뒤쪽으로도 빽빽이 서 있었다. 사이사이 반가운 인사가 오가기도 했다. 그리고 그 중앙에는 일렁이는 촛불들, 세 개의 빈 의자가 있었다. 그해 한국에서 살해된 성노동자들의 자리라고 했다. 바닥에는 "죽어도 되는 이는 없다"는 표어가 박혀 있었다.

사람들은 울분에 찬 목소리로 말했다. 이들의 죽음은 사회적인 죽음이며, 성노동자를 향한 혐오와 차별이 성노동자를 사지로 몰고 있다고. 그들은 찢어지는 소리로 울기도 했고 푸스스 웃기도 했다. 행진을 시작하자 눈이 펑펑 내리기 시작했다. 경찰과 거리의 사람들은 바리케이드 안에 있는 시위자들을 주시했지만 그들은 아랑곳 않고 그저 걷고 또 걸었다. "죽어도 되는 이는 없다"는 그들의 목소리는 사그라지지 않고 이태원의 거리를 메웠다. 나는 가만히 서서, 또는 뛰어다니면서 그들의 사진을 찍었다. 쏟아지는 눈에 카메라가 다 젖는다고 해도 상관없었다. 지금 여기에서 그들을 찍고 싶었다.

　　나도 그들과 함께 물을 수 있을 것 같았다. 수원역 여자들의, 다른 구역의 여자들의, 집 잃은 여자들의, 일터를 잃은 여자들의 앞으로를 대답하라고. 그 여자들이 어디로 갔는지 알고 싶어 하는 사람들이 여기에 있다고.

○

　　이 글을 쓰고 있는 2023년 12월, 수원역 성매매 집결지와 비슷한 일들이 파주 용주골에서도 벌어지고 있다. 파주시는 '여성친화도시'를 만들기 위해 성매매 집결지를 폐쇄하고 성노동자들을 몰아내려고 한다. 시와 여성단체는 '여성과 시민이 행복한 길'이라는 뜻의 '여행길'이란 행사를 주최해 용주골을 침범한다. 성노동자들은 자신들이 일궈온 집과 일터를 해치지

173

말아달라 말한다. 시간을 주면 제 발로 나가겠다고도
말한다. 하지만 시와 여성단체는 듣지 않는다. 그들은
용주골에 사는 사람들을 쉽게 '어떤 존재'로 치환해
얘기한다. 그들에게 성노동자 여성은 쉽게 악마화되기도
하고 동정의 대상이 되기도 한다.

　　1년이 조금 넘는 시간 동안, 자주 용주골에 갔다.
용주골 사람들과 차차가 공권력과 대치하며 힘겨운 싸움을
이어갈 때 갔고 아무 일이 없어도 사진을 찍고 싶어 갔고
함께 영화 보고 수다 떠는 축제가 열려서도 갔다. 내가
키우는 강아지를 자랑하러 갔고 수다가 떨고 싶어서 갔고
지영이 눈 오는 용주골을 찍자고 졸라 못 이기는 척 갔다.

　　나는 그 안에서 많은 것을 알았다. 수원역 성매매
집결지가 폐쇄된 뒤 용주골에 정착한 여자들이 있다는
사실을, 용주골 사람들은 스스로 싸울 의지가 있고
싸우고 있다는 것을. 그들은 자신의 터전을 지키기 위해
고군분투했다. 나는 그 과정을 지켜보며, 싸우고자 하는
그들의 의지를 존중해야 한다는 걸 알게 되었다.

　　이제 용주골에 가도 마음에 차는 사진이 나오지는
않는다. 이미 카메라 바깥과 안을 구분하지 못하는
탓일지도 모른다. 그러나 끝내주는 사진을 찍지 못하고,
노출과 대비가 엉망진창이어도 용주골 사람들이 필요로
하는 사진을 찍을 수 있다면 그것만으로 괜찮다. 나는
언제고 계속 그곳의 사진을 찍을 생각이다. 노을이

근사하게 내려앉는 용주골에서, 그들이 원하는 날까지
살고 원하는 순간에 떠나기를 바라면서.

그들을 보고 있다

Scene 5	Object 19

친구의 생일, 상수역 부근에서 음식과 술을 배불리 먹고 나와 담배를 피운다. 길 건너 지하철로 내려가는 사람들을 구경하다가 유명 캐릭터로 분장한 사람들을 본다. 우리는 그들을 보고 "너무 귀엽다"고 소곤대다가, 오늘은 할로윈이고 기분 좋게 취했으니까 용기를 내 소리친다. "코스튬 진짜 귀여워요!" 그들은 우리를 보고 웃고 점프하고 손을 흔든 뒤 상수역 1번 출구로 내려간다.

친구들과 함께 북적이는 홍대의 거리를 가로질러 골목 구석에 있는 레즈 클럽으로 향한다. 신분증 검사를 마친 뒤 1만 5천 원을 결제하고 지하로 내려간다. 매캐한 담배 냄새와 철 지난 비트가 머리를 쾅쾅 울린다. 바에서 데킬라를 여섯 잔 시키고 원샷을 하고 사람들 속에 스며든다. 레즈 클럽은 왜 이렇게 촌스러운 음악만 틀까…. 춤을 춰보려 해도 쉽지 않은 음악이라고 생각하며 흡연실로 간다. 다시 담배를 한 개비 물고 불을 붙이려는데, 어떤 머리 짧은 부치가 검지와 중지 사이에 있던 담배를 뺏어 든다. "이런 거 피우지 말아요. 이게 더 어울려요." 그는 내 손에 콜라를 쥐여주고는 자리를 떠난다. 뭐야… 나 담배 뺏기고 지금 콜라 받은 거야? 마시지도 않는 설탕 가득한 콜라에 어안이 벙벙하다. 황급히 흡연실을 빠져나와 친구를 찾는다. 밀착된 사람들 사이를 힘겹게 비집고 들어가니 친구가 있다. 핸드폰을 보고 있는 친구의 손목을 덥석 잡고 말한다. "나 지금 무슨 일 있었는지 알아?"

친구는 대답 없이 그저 창백한 얼굴로 자신의
핸드폰을 건넨다. 핸드폰 안에는 몇 장의 사진과 글자가
있다. 구급차, 수많은 사람, 그리고 이태원역. 순간 내
핸드폰에서도 경보 알림음이 울린다. 옆에 있는 사람의
핸드폰에서도 저 멀리 있는 사람의 핸드폰에서도, 한
순간에 동일한 경보음이 울린다. 공간은 쿵쿵 울리는데
춤을 추던 사람들은 움직임을 멈추고 자신의 핸드폰을
본다.

쏟아지는 인파에 덜컥 겁이 난다. 호흡이 가빠진다.
공황 증세가 틀림없다. 나는 친구의 손을 잡고(아니, 친구가
내 손을 잡았던가?) 흩어져 있던 네 명의 친구들을 찾아
헤맨다. 우왕좌왕 갈피를 잃은 몸들 사이에서 익숙한 옷을
찾고 그 애들을 찾는다. 우리는 클럽의 계단을 오르고
골목을 빠져나와 수많은 인파가 몰린 홍대의 거리로
진입한다. 아무 말도 않고 걷기만 한다. 신인 아이돌의
노래와 차트를 석권한 발라드가 뒤죽박죽 흘러나오는
거리를, 말을 탄 사람과 그들을 찍는 사람들로 가득한
거리를, 즉석 사진 부스 앞에서 여자들의 몸을 품평하는
남자들 무리를 지난다. 나는 하필이면 그때 핸드폰을
떨어뜨리고 친구들은 나를 둘러싸고 기다린다. 핸드폰을
줍고 나서는 서로의 손을 꼭 잡은 채로 다시 거리를
걷는다. 경보하듯 숨 가쁘게 걸어도 끝나지 않는 거리.

맞잡은 손에선 축축하게 땀이 밴다.

친구의 작업실에 도착한 뒤 모두 흩어진다. 소파에, 바닥에 웅크린 채로 있다. 무슨 일이 벌어진 거야? 우리 중 한 명이 묻는다. 아무도 답하지 않는다. 각자 핸드폰을 바라보고 있다가 어떤 애는 화장실로 달려간다. 토하는 소리가 들린다. 나 역시 조금 전에 먹은 저녁이 아직 소화되지 않은 것 같다고 느낀다. 토하면 안 돼. 생각하며 눈을 감고 누워 있다. 다들 새벽 내내 웅크린 채로 잠도 자지 못하고 깨어 있다. 중간중간 전화벨 소리가 울리고 우리는 홍대에 있다고, 친구의 작업실에 왔다고 답한다.

며칠 내내 또래들의 부고 소식이 들려온다. 여기저기 설전이 오간다. 나는 도대체 무슨 일이 벌어진 건지 파악하지 못한 채로 또다시 핸드폰을 들여다보고 있다. 그 안에는 자극적인 이미지로 소비되는 참사가 있다. 화장실로 뛰어가지만 토는 나오지 않는다. 그날 저녁 먹었던 음식이 소화되지 않고 아직 내 안에 있는 것 같다.

나는 친구들과 이태원으로 간다. 카메라를 들고 거리를 서성인다. 이태원역 1번 출구를, 해밀턴 호텔 앞을, 서성인다. 우는 친구들과 우는 사람들을 본다. 법복을 입은 스님이 염불을 외며 기도한다. 가게들은 문을 닫았다. 거리에는 사람보다 국화가 많다. 벽면에 붙은 포스트잇엔 소화되지 않은 슬픔이 있다.

그리고 카메라를 든 사람들이 있다. 이렇게 많은

종류의 카메라를 한 번에 본 적이 있었나 싶다. 인터넷
방송용으로 보이는 스마트폰이 셀카봉에 꽂혀 있었고
방송국에서 취재할 때 사용하는 커다란 중계 카메라도
있었다. 비싼 DSLR을 든 사람도 나처럼 필름 카메라를 든
사람도 있었다. 카메라를 든 사람들은 모두 무얼 찍어야
하는지 알고 있는 듯하다. 대체 무얼 찍어야 하지? 나는
무얼 찍어야 하는지 모르는 채로 그들 곁을 서성인다.
머릿속에선 자극적인 이미지로 소비된 그날의 참상이
쏟아진다. 사진의 역할이 단지 '그런 거'라면 더 이상
사진을 찍고 싶지 않다.

◌

　빠르게 살이 빠졌다. 무언가를 먹으려고 시도하면
몸 어딘가 얹혀버린 음식들이 방해한다. 가만히 있으면
정말 미쳐버릴 것 같아서 밖으로 나간다. 다섯 시간을
내리 걸으면 그제야 몸이 지쳤다. 걷지 않는 날엔 집을
청소했다. 종일 빈 집을 들여다보면서 먼지를 닦고 쓸었다.
모든 기운을 소진해야만 겨우 잠들 수 있었다. 핸드폰을
무음으로 설정했다. 길거리에 흘러나오는 음악을 들으면
숨을 쉬기 어려웠다. 언젠가 사둔 헤드셋을 꺼냈다. 길을
걸을 땐 음악이 나오지 않는 헤드셋을 쓰고 다녔다. 모든
소리가 완벽히 차단되진 않았지만, 막을 씌운 듯 웅웅대는

소리만 들려서 차라리 나왔다.

　어느 밤엔 사방에서 쏟아져 나오는 비명소리에 눈을 뜬다. 잠든 지 두 시간 만의 일이다. 빠르게 뛰는 심장에 통증 같은 것이 느껴진다. 그날의 공포감이 다시 되살아나는 것만 같다. 손과 발이 차게 식는다. 다시 따뜻해져라. 한 손으론 전기장판 온도를 최대로 올리고 한 손으론 핸드폰을 찾는다. 당장 무슨 일이 일어나고 있는 건지 알아야 한다. 소셜미디어를 켠다. 트위터. 지금 무슨 일이 일어나고 있나요? 스크롤, 스크롤, 스크롤. 인스타그램. 새로운 이야기를 추가해보세요! 스와이프, 스와이프, 스와이프.

　피드 속 사람들은 붉은 티셔츠를 입고 맥주를 손에 쥐고 커다란 화면 앞에 앉아 있다. 아 맞다. 월드컵이었지. 오늘이 경기 날이구나. 비명이 아닌 함성이었구나. 핸드폰을 다시 내려놓고 눕는다. 경기가 끝나려면 한 시간은 더 있어야 한다. 잠이 오지 않아 눈을 감아보지만 그날의 모든 감각이 울컥울컥 흘러나온다. 다시 핸드폰을 집어 유튜브를 켜고 '잠이 오는 주파수', '잠이 오는 명상법' 따위의 콘텐츠를 찾는다.

　"나 희생자 유품을 찍은 사진에서 우리가 그날 인사했던 사람들의 코스튬을 봤어."

　재윤의 메시지에 곧장 소셜미디어를 켜 타임라인을 샅샅이 뒤진다. 그 사람들이 입고 있던 코스튬이 바닥에

정갈히 놓여 있다. 정말이네. 그 사람들 상수역 1번 출구로
내려갔지. 상수역도 이태원역도 6호선이지. 정말이네.
정말이야….

○

　여전히 기억하는 장면이 있다. 배가 침몰했다는
속보와 함께 동기 언니가 갑자기 울음을 터뜨렸고,
언니는 며칠 동안 학교에 나오지 않는다. 그 언니의
동생이 그 배에 타고 있었다는 이야기를 전해 듣는다.
곧 언니에게서 부고 문자를 받는다. 있지도 않은 검은
옷을 찾아 입고는 장례식장에 들어간다. 하얀 꽃들
사이로 앳된 얼굴을 한 애가 웃고 있다. 나는 절을 하는
방법도 몰라서 허둥거린다. 언니는 조금 울다가 와줘서
고맙다고 웃는다. 며칠이 지나 언니는 학교에 나온다.
교수님은 수업을 하다가 갑자기 언성을 높이며 "세월호
그거"라는 말로 시작되는 폭언을 뱉는다. 저 교수님은
모르고 있을까? 언니의 가족이 배에 타고 있었다는 걸
모르고 있을까? 알면서도 저러는 걸까? 언니는 어떻지?
나는 언니의 눈치를 살핀다. 언니는 아무 말 않고 책상을
보고 앉아 있다. 언니가 뛰쳐나갈까? 그 전에 그만하라고
소리 질러야 할까? 교수님이 보복하면 어떡하지? 수업이
끝났다. 수업의 내용은 기억나지 않는다.

내가 할 수 있는 일이 무엇이었을까.

○

　　너무 가까이에서 일어난 여러 차례의 참사들이
있었다. 누군가에게는 다 다른 일로 다가가겠지만,
내게는 모두 같은 일이기도 했다. 침묵하는 정부, 담당자,
언론, 그리고 "무슨 일이 벌어진 건지 제대로 말하라"고
소리치는 사람들. 나는 그들을 보기 위해 카메라를 들고
이태원에 간다. 헤드셋을 쓰고 친구들의 손을 잡고서.
이태원역 1번 출구 앞은 이제 다시 사람들로 북적이고
가게들도 열었고 취객도 있다. 관광객들로 보이는 무리가
지나가고 이태원에 사는 사람들도 지나간다. 나는 그들
곁을 서성인다. 가끔 가만히 멈춰 서서 본다. 충분히 본
뒤엔, 반창고를 덕지덕지 붙여둔 필름 카메라로 그 모든
광경을 찍는다.
　　다시 걷는다. 우리가 갔던 수많은 이태원의 거리들이
있다. 빅사이즈 전문 옷 가게도 있고 홍콩 요리 전문점도
있다. 게이 클럽도 있고 헌팅 포차도 있고 레즈비언
가라오케도 있다. 케밥 트럭도 터키 디저트 가게도 미국식
핫케이크집도 있다. 나는 그곳을 거닐며 사람들을 찍고
사람들이 있었던 자리를 찍는다.
　　이 사진이 뭐가 될지는 모르겠지만, 목격하겠다는

다짐을 뼛속 곳곳에 새겨 넣는 감각으로 셔터를 누른다.
끝까지 살아남아서 모든 '불순물'을 기억하는 사람,
답해주지 않는 사람들을 향해 언제고 묻는 사람이
되어야지. 오래 오래 살아서 모든 것의 목격자로 남아야지.
　　나는 유수처럼 흘러가는 세월 안에서 그들을 보고
있다. 사람들과 함께 보고 있다. 지금이 언제인지, 여기가
어디인지 똑똑히 되새기면서.

#6

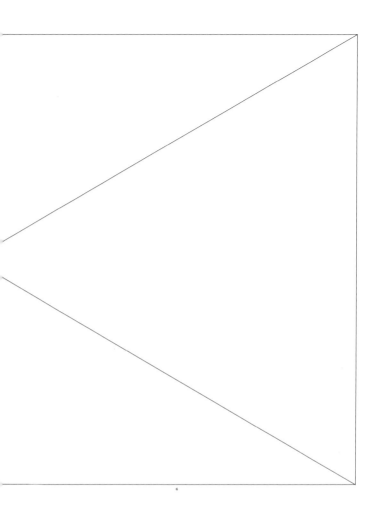

밉다는 말과 사랑한다는 말

죽은 친구들이 밉다

Scene 6	Object 20

계절이 바뀔 때마다 누군가 죽었다는 소문이 무성히 들려온다. 그중엔 함께 노래를 부르던 사람도 함께 서핑을 하던 사람도 함께 사진을 찍은 사람도 있었다. 사인은 모두 자살이다. 시간이 흐를수록 기억은 점점 흐려지고 걔네가 어떻게 웃었는지, 무슨 말을 했는지 잘 떠오르지 않는다.

친구들의 장례식엔 단 한 번도 가지 않았다. 먼저 죽은 친구들을 위해 빌어줄 여분의 명복이 없다. 그들을 위해 비는 명복은 사치다. 그들은 이미 나한테 큰 빚을 진 거나 다름없으니까. 나는 그들 탓에 조금 더 죽고 싶어졌고 조금 더 죽을 수 없어졌다.

먼저 죽은 친구들이 밉다. 미워하는 일을 멈출 수가 없다. 묘지에서 걔네 멱살을 잡아다가 끌어내서 다시 죽이고 싶을 만큼 밉다. 그들이 죽을 때마다 나의 일부분도 죽어가는 것 같다. 무더위에 뿌리가 타들어간 식물처럼 몸속 한구석이 까맣게 타버린다. 먼저 죽은 친구의 더 먼저 죽은 친구도 밉다. 걔네 때문에 내 친구가 죽어버린 것만 같다. 내 친구도 마음이 까맣게 타버려서 죽은 걸까? 왜 그래야만 했던 걸까? 질문을 빙자한 원망이 이어진다. 그들 탓을 할 일이 아니란 걸 아는데도 마음이 그렇게 돼버린다. 죽음에 대한 소식이 들려올 때마다 길을 잃는다. 나는 반파된 배, 조각난 등껍질을 업고 사는 달팽이, 잘못 붙은 뼈로 남았다. 기능하지 못하는 상태로, 있는 힘껏 취약한 부분을 부여잡고 어기적어기적 기어간다.

어느 봄에는 양화대교에 갔다. 그날의 슬픔은 희미하지만 상념은 생생하다. 택시에서 흘러나오는, 혼자라고 생각 말라는 가사가 듣기 괴로웠다. 인생의 희로애락이 기대되지 않고 앞으로 무얼 해도 잘 안 될 것 같았다. 지나온 삶은 엉망진창에 잘하고 싶은 마음을 먹으면 고꾸라지곤 했던 나를, 좋아하는 사람에게 상처 주고 있는 나를 견디기 어려웠고 사랑하는 사람에게 이리저리 휘둘리는 스스로가 한심했다. 사랑하는 것들은 왜 다 나를 버릴까? 이제 버림받고 싶지 않았다. 차라리 내 삶을 직접 버리는 게 낫겠다는 판단이 들었다. 양화대교를 지나던 택시에서 입을 열었다. 기사님 여기서 내려주시겠어요? 남자친구가 데리러 온다고 해서요.

가시지 않은 추위에 벌벌 떨면서, 새까만 강물을 보면서 한참을 울었다. 왜 잘 안 되지? 왜 이렇게 어렵지? 왜 나는 사소한 절망도 버티질 못하지? 앞으로 잘할 수 있는 건가? 난간에 올라 강을 내려다보다가 다시 쪼그려 앉아 울다 그치기를 반복했다. 지나가던 여자가 말을 걸었다. "오늘 너무 춥잖아요. 집에 들어가세요." 나는 연신 "괜찮아요. 걱정 마세요" 하고 중얼거렸다. 주머니 속 핸드폰에서 연신 진동이 울렸다. 집에 돌아오지 않는 나를 걱정하는 준영의 전화임이 분명했다. 가고 싶지 않았다.

어디로도.

    시간이 얼마나 흘렀을까? 한 커플이 와서 말을
걸었다. "괜찮으세요? 한참 전부터 보고 있었는데
위태로워 보여서요. 데려다드릴게요." 앞에 선 여자의
얼굴을 보니 정신이 퍼뜩 들었다. 세상에 저렇게 예쁜
여자가 많은데 나 뭘 하려고 한 거지? 더 살아야
한다! 결심이 서자마자 눈물이 쏟아졌다. "죄송한데요.
선유도공원까지만 데려다주실 수 있을까요? 걷기가
힘들어서요…." 남자는 가방을 들고 여자는 내 팔을
잡고 일으켰다. 추위에 굳은 몸은 아주 느리게 움직였다.
죄송해요. 아름다운 여자에게 폐를 끼친 스스로를
참아내며 말했다. 여자는 "괜찮아요. 저도 그럴 때가
있었어요"했다.

    "재윤아…."

    "응, 예인."

    "나 지금 양화대교인데 와줄 수 있어?"

    재윤은 통화 연결음이 두 번 울리자마자 전화를
받았다. 강남에서 택시를 타고 왔다. 도착한 재윤은 파리한
안색으로 내 손을 주무르며 너무 차갑다고 울먹였다.
택시 기사님은 중얼거리다 울음을 터뜨리며 말했다. "왜
죽으려고 했어요? 너무 젊어요. 저도 인생이 힘들어서
죽으려고 했었는데 오사마 빈 라덴 시절에… 지금 살아
있어요. 그게 좋아요. 살아야 해요…."이상하다. 죽고

싶은 건 나인데 왜 이 사람들이 울까? 창밖의 풍경을
멍하니 바라보았다.

◌

무엇이 삶을 어렵게 만드는지는 모르겠다. 때때로
사는 것이 귀찮다. 여전히 잘하고 싶은 일은 잘 안 되고
사랑은 어렵고 좋아하는 것들은 다 떠나간다. 계절마다
죽은 친구의 소식, 친구의 죽은 친구의 소식 따위가
들려온다. 그들이 바라보았을 강을 생각한다. 밤보다 더
짙은 강물을, 다리 위의 세찬 바람을, 깊은 절망을. 내일로
발을 떼기가 어려워서 오늘에 주저앉은 그들을 생각한다.
　먼저 죽은 친구들이 밉다. 캄캄한 삶에 나를 버려두고
간 친구들이, 우리가 있는 곳이 쓰레기통일지언정
함께라면 좋았는데, 그런데도 혼자 가버린 친구들이,
그들을 원망하게 만든 친구들이 밉다. 파도를 잡아 타던
친구가, 연인의 전화를 받고 수줍게 웃던 친구가, 노래를
부를 때면 살아 있는 것 같다던 친구가 밉다. 그 모습만
남기고 떠나간 친구들이 밉다. 남은 사람의 괴로움을 알게
한 친구들이 밉다. 걔네는 그걸 알려줘서 내가 죽지도
못하고 살게 한다.
　사실 나는 그 애들을 여전히 사랑한다. 그 애들의
마음을 알기에. 걔들은 잘 살고 싶어서 죽기를 선택했을

것이다. 생각처럼 되지 않는 삶이, 목적을 찾을 수 없는 매일이 끝나지 않을 거라고 믿었을 것이다. 스스로가 스스로가 될 수 없어서, 기준에 맞춰 깎이고 변화해야만 했던 그들을 안다. 그럼에도 잘 살아보려 했던 그들을 안다. 조금 더 살고 싶어서 모아둔 돈을 털어 서핑을 배우러 발리에 왔다던 그를, 강아지 사룟값이 없어 집에 있는 조명을 뜯어다 팔았던 그를, 간절히 죽고 싶다고 그러니 말려달라는 글을 올리던 그를 안다. 어떻게든 살아보려 발버둥 치던 그들의 얼굴을 알고, 알기에 더 무력해진다.

　　나는 그 애들과 낭떠러지 앞에 서 있었다. 서로의 팔을 붙잡고, 절대 밀리지 말자고 말하며 서 있었다. 하나둘 떠밀려 떨어져도, 누군가 스스로 뛰어내려도 나는 따라 뛰어내리는 대신 남은 그 애들을 붙잡고 함께 있기로 한다. 우리들이 함께 걸었던 밤을 떠올린다. 나의 친구를, 가족을 죽음으로 내몰지 말라고 깃발을 들고 행진했던 밤의 거리를. 더 나은 내일이 올지도 모른다는 희망을 품고 앞으로 앞으로 걸어나갔던 우리가 있던 그곳을, 여태 우리가 살아 있는 그곳을.

묻기로 했던 것

Scene 6	Object 21

10월엔 많은 일이 있었다. 서정과 연지와 나는
비슷하다고 말하기엔 너무 다른, 제각각의 아픔을
흘려보내느라 정신이 없었다. 서정의 친구가 죽었고
연지는 계절 내내 덜컥이던 사랑을 정리했으며 나는
해원과 헤어지고 며칠 지나지 않아 십수 년을 함께한
고양이를 떠나보냈다.

　　햇볕에 탈색되어버린 오래된 헌책방의 책들처럼,
새하얗게 질려 있던 세 얼굴은 마주 보고 있을 때만 잠깐씩
빛났다. 우리는 일주일에 적어도 세 번씩은 서로를 찾았다.
어떤 날은 산책을 하고 어떤 날은 하루 종일 메신저로 생존
신고를 주고받고 어떤 날은 제철 과일을 가방에 바리바리
싸 보냈고 어떤 날은 첫차 시간이 될 때까지 술을 마셨고
어떤 날은 가만히 침대에 누운 채로 참다못한 울음을
터뜨렸다. 흘러가는 시간 속에서 우리가 할 수 있는 것은
고작 서로의 손을 꼭 붙잡는 것뿐이었다. 얼기설기 엮인
손가락 사이로 전해지는 심장박동이 그래도 살아 있는
편이 좋다며 소곤대는 것만 같았다. 그러나 넘실거리던
일상이 조금이라도 잔잔해질 기세를 보이면 슬픔은 금세
고개를 빳빳이 쳐들고 우리에게 외쳐댔다. 나 여기에
있다고, 네가 나를 두고 어딜 가냐고.

　　삶에 갖은 싫증이 난다는 나의 고백에 서정과
연지는 여행을 떠나자고 했다. 목적지는 삼척, 영화
〈헤어질 결심〉에 나온 바닷가. 바위 틈새로 자란 소나무가

바다에 잠길 듯 존재하는 곳. 영원한 미결 사건을 자처한 여주인공이 밀물 아래 갇혀 있는 곳.

우리는 슬픔을 묻으러 바다로 향했다. 스스로를 묻어버리기엔 우리가 같잖기 때문에, 영화 속 주인공처럼 대단한 깡도 없고 미결 사건으로 남아버릴 자신도 없기 때문에, 우리를 덮치는 것이 무엇인지도 모른 채로 헉헉대며 살아 있는 것이 차디찬 겨울의 바다에서 질식해버리는 것보다 낫기 때문에 슬픔을 묻는 편이 낫다는 결정을 내렸다.

이왕이면 제대로 된 헤어짐을 하자며 〈헤어질 결심〉의 등장인물로 분장하고 나섰다. 나는 시폰원피스와 빈티지 코트를 입고 송서래를, 연지는 흰 와이셔츠에 넥타이를 매고 낡은 로퍼를 신고 장해준을, 서정은 하늘색 경량 패딩에 자전거 라이딩용 모자, 등산용 배낭을 메고 기도수를 맡았다. 어설픈 코스프레였지만 모양새가 나름 엇비슷해서 퍽 우스웠다. 길거리에도 휴게소에도 송서래처럼 입은 학생들이, 장해준처럼 입은 회사원이, 기도수처럼 입은 등산객들이 있었지만 우리처럼 제각각의 옷을 입은 무리는 없었다. 고속도로를 달리고 시골길을 거쳐 가는 와중에도 우리는 섞이지 않는 서로의 모습을 보며 낄낄대고 웃었다.

이미 대단한 이야기가 묻혀 있기 때문이었을까? 야심차게 도착한 바다에 슬픔을 묻어버릴 땅은 없었다.

우리는 굽이치는 파도를 피해 거닐고 무심하게 돋아난 바위 틈새를 오르고 청량한 하늘을 가로지르는 비행운을 멍하니 바라보았다. 적막한 바닷가 한가운데를 뛰어다니며 슬픔이 대체 무어냐는 듯 굴었다. 우리의 슬픔도 햇볕에 바싹 익어버린 것이 분명한 듯싶었다. "그냥 〈헤어질 결심〉 코스프레 한 사람 됐네…." 누군가 말했지만 시답잖은 농담은 황량한 바다를 돌고 돌다 흩어졌고 이 여행은 금세 우정 여행을 가장했다. 우리는 백종원이 왔다 간 식당에서 굴김치를 먹고 주인 할머니 대신 전화를 받아 영업이 끝났다고 답하고 서울에서 마실 나온 아주머니들과 언니, 언니 하며 떠들고 두부구이를 비닐봉지에 싸서 돌아왔다. 경쟁하듯 즐거운 말들을 쏟아내고 소재가 떨어질 즈음이면 사랑 노래를 흥얼거렸다. 돌림노래라도 되는 양, 마침음에서 다시 첫 소절로 그러다 중간으로, 또 다른 노래로 옮겨 갔다. 우리는 약속이라도 한 듯, 죽은 친구들에 대해 말하지 않는다. 잃어버린 사랑에 대해 말하지 않는다.

영원히 반복될 것만 같던 그 시간은 새벽 두 시의 바다에서 끝이 났다. 마침내.

술에 취한 연지는 모래사장을 가로질러 달린다. 서정은 신발을 벗고 조용히 파도를 밟는다. 나는 그들의 발자국을 이리저리 좇으며 말한다.

"해원도 밉고 친구들도 다 밉고 엄마도 밉고 다

미워."

쏜살같이 달려온 연지가 숨을 고르고 입을 뗀다.

"사랑해서 미운 거야."

나는 고개를 주억이며 맞아, 하고 답한다. 곧이어
연지는 소리 지른다.

"야! 너네가 나쁘다!"

나도 질세라 소리 지른다.

"왜 그랬냐! 사랑하면 다다! 이 개자식들아!!"

연지와 나는 교차하는 음역이 되어 우리가 사랑하는
개자식들의 이름을 호명했다.

어느새 서정은 한 보 옆에 앉아 있다. 발등에 붙은
모래를 가만히 바라보면서 있다. 우리는 서정 곁에
털썩 주저앉아 속삭인다. 비밀 얘기를 주고받는 열세 살
여자애들처럼. 너도 말해, 너에게 못되게 군 걔의 이름을
말해. 그럼 좀 나아져. 서정은 입술을 달싹이다가 끝끝내
말하지 못하고 운다. 연지와 나는 서정에게 못되게 군,
그러나 사랑하는 죽은 친구의 이름을 부르는 대신 서정을
껴안는다. 그리고 다시금 속삭인다. 내가 평생 네 언니가
될게. 언제나 너보다 늙어 있을게. 결코 먼저 죽지 않을게.
멈춰버린 과거로 남지 않을게. 서정은 코를 흘리며 운다.

우리는 슬픔을 묻지 못하고 돌아간다. 바다에서
육지로, 육지의 도시로, 도시의 집으로. 어쩐지 후련한
얼굴을 하고서.

보영이만 있으면 괜찮았다

보영과 나는 열여섯 살에 만났다. 나는 터널 건너의 학교에, 보영은 논밭 건너 학교에 다녔다. 보영은 되고 싶은 건 없지만 공부를 열심히 하는 학생이었고 나는 되고 싶은 건 있지만 공부를 안 하는 학생이었다.

우리는 학원에서 만났다. 학교에서 버스를 타고 30분 정도 가면 시내에 도착하는데, 거기서 5분 정도 더 걸으면 학원이 있었다. 학원에서 재밌는 거라곤 하나도 없었다. 보영 말고는. 수업 시간 내내 낙서를 끄적이며 보영의 뒤통수를 구경했다. 새까만 머리칼이 흘러내리는 모습을 지켜보고 보영이 셔츠 소매를 걷고 샤프를 딸각거리는 소리를 들었다. 보영이 한 번씩 뒤를 돌아보면 못 본 척 고개를 떨궜다. '왜 자꾸 쳐다봐.' 보영이 건넨 쪽지에 답하지 않았다. 학원에선 말 한마디를 않는 게 우리의 룰이었으니까.

우리는 저녁 시간이 되면 대화를 나눴다. 학원 아래 주먹밥집에서 만나 밥을 먹으면서. 대단한 대화는 없었지만 좋았다. 내가 쉬지 않고 종알대면 보영은 살짝 미소 짓거나 고개를 뒤로 젖히면서 웃었다. 나는 참치 김치 주먹밥을, 보영은 스팸 마요 주먹밥을 시켰다. 다 먹고 나선 보영이 떠다주는 물을 마셔야 했다. 냉수도 온수도 아닌 미적지근한 물을. 대체 언제 생긴 규칙인지는 알 수 없었지만 지키지 않는 날은 없었다.

주말이 되면 우리는 교복을 벗고 만났다. 보영은 항상

검은색 옷을 입었고 나는 알록달록한 갖가지 색의 옷을 입었다. 키가 큰 단발의 보영과 보통의 키에 긴 머리를 가진 나. 우리는 손이 부딪히지 않게 그러나 팔뚝 살이 스칠 정도로 가깝게 걸었다. 한참을 걷다가 내가 힘든 기색을 보이면 그때 행선지를 정했다.

대학가의 노래방, 보영의 집 앞 놀이터, 아니면 나의 집 안. 보영과 나는 키스를 했다. 노래방 서비스 시간이 끝나도, 아이스크림이 다 녹아 흘러내려도, 아빠의 맥주를 훔쳐 마시면서 키스를 하고 서로의 몸을 더듬었다. 아니지, 보영이 나를 더듬었다. 보영은 내 어깨와 가슴을 배꼽과 골반을 만져댔다. 내가 손이라도 대려 들면 보영은 화들짝 놀라며 떨어졌고 갑자기 노래를 예약해 부른다거나 미끄럼틀을 타러 가자고 한다거나 집으로 돌아갔다.

보영은 싸가지가 없었다. 걔는 틈만 나면 나랑 친한 남자애들이랑 사귀려 들었다. 어제까지 키스해놓고 다음 날이 되면 같잖은 남자애를 하나 잡아다 사귀었다. 일주일 뒤엔 헤어질 거면서. 학원에서 나랑 알고 지내던 남자애들은 보영과 한 번씩 사귀었을 게 틀림없었다.

애들은 보영에 대해서 떠들어댔다. 걸레니 뭐니 하면서. 나는 굳이 아니라고 반박하지 않았다. 가만히 듣고만 있었다. 내 생각에 보영은 걸레가 맞았다. 키스를 그렇게 좋아하는 애가 걸레가 아닐 리 없었다. 근데 그렇게 따지면 나도 걸레 아닌가? 보영이랑 똑같은 걸레라는 생각을 하니 심장 한구석이 뻐근했다. 보영을 좋아하고 있는 게 틀림없었다.

보영은 특별해. 학교에 친구들이 있었지만 보영 같은 애는 없었다. 개처럼 싸가지가 없는 애도 없었고 개처럼 눈동자가 까만 애도 없었다. 개처럼 셔츠 소매를 걷고 다니는 애는 있었지만 개처럼 손목뼈가 도드라지게 튀어나온 애는 없었다.

나는 여자애들 틈에 둘러싸여 수다를 떨면서도 보영 생각만 했다. 제일 친한 친구가 누구냐는 물음에 너라는 말을 아무렇지 않게 하면서도 보영 생각만 했다. 운동장을 빙빙 돌면서도 보영 생각만 했다. 다른 여자애한테 애칭 따위를 붙여 여보, 여보 하면서도 보영 생각만 했다. 보영이한테 단짝이라는 시시한 이름을 주지 않을 거다, 그렇게 다짐하면서.

○

보영이 화를 낸다. 내게 남자친구가 생겼다는 말을 듣자마자. 무표정한 보영의 얼굴은 질릴 만큼 많이 봤지만 화를 내는 보영의 얼굴은 처음이다. 이런 얼굴을 다른 여자애들에게도 보여줄까? 묻지 않는다. 이어질 말을 듣고 싶다.

"너도 사귀잖아. 왜 나한테 그래?"

침묵을 깬 사람은 나다. 얼굴은 시뻘겋게 달아오른 주제에 입을 꾹 다문 보영을 보니 참을 수 없다. 마구 지껄이기 시작한다. 나 그 오빠 진짜 좋아해. 오빠 잘생겼잖아. 나 오빠랑 오래 사귈 거야. 우리 키스도 할 거야. 결혼도 하고 싶더라니까? 아 오빠가 공부 열심히 해서 서울 가자고 했어. 그때까지 같이 사귀자고.

보영은 까만 눈으로 가만히 보다가 가방을 챙겨 문을 나선다. 나는 보영을 쫓아가며 소리친다. 야 너 왜 그래! 뭐가 문젠데! 너도 남자 사귀잖아! 보영은 내 말이 들리지 않는 것처럼 성큼 걸어간다.

"야!"

보영이 엘레베이터 앞에서 멈추어 선다. 숨을 크게 들이쉬고 입술을 벌리고 혀를 굴려 단어를 뱉는다. 너는. 단어는 문장으로 이어진다. 짧고 강렬하게 머리를 후려치는 것만 같다. 뭐?

"너는 걸레야."

"뭐?"

"너는 걸레라고."

보영은 엘레베이터를 타고 버튼을 누른다. 문은 닫혔고 숫자가 줄어들었다.

나는 보영의 뒤통수를 쳐다보지 않는다. 보영과 밥을 먹지 않는다. 보영에게 연락하지 않는다. 보영도 뒤돌아보지 않는다. 연락하지 않는다. 주말에 만나지 않는다. 키스하지 않는다. 더듬지 않는다.

고등학교 2학년이 되면서 학원은 그만두었다. 진로를 정한 덕에 성적이 필요하지 않게 됐다. 보영과는 만날 일이 없다. 보영의 번호도 문자 저장함에 넣어둔 보영의 메시지도 모조리 지웠다. 일촌도 끊었다.

여자애들은 오늘도 시시한 대화를 나눈다. 새로 부임한 총각 선생님의 헤어스타일이나 콧대 같은 이야기를. 나는 웃는 얼굴로 애들의 이야기를 듣는 척하며 따분해하고 있다.

"너 보영이 알아?"

갑자기 한 여자애가 물었다.

"어 알아…."

"보영이가 너 안다고 전해달래. 생일 선물이래."

여자애는 책상에 포장된 상자를 올려놓았다.

나는 대강 고맙다고 인사하며 상자를 가방에 쑤셔

넣는다. 심장이 쿵쾅댄다. 보영이가 갑자기 왜? 뭘 준 거지? 내 생일은 왜 기억하고 있지? 나더러 걸레라며? 사과의 의미인가? 다시 전처럼 지내고 싶다는 뜻인가? 편지는 썼을까? 미안하다고 했을까? 아니면 좋아한다고 했을까? 이거 저 애가 열어봤을까?

집으로 돌아가 열어본 상자에는 내가 갖고 싶다고 노래를 부르던 립글로스가 들어 있다. 노트를 찢어 쓴 듯한 편지도 있다. "미안해. 사과하고 싶어. 나랑 만나기 싫을 것 같아서 전해달라고 했어. 생일 축하해."

핸드폰을 열어 자판을 누른다. 010…88…0… 보영이의 번호다. 통화 연결음이 세 번 울리고 "여보세요" 하는 소리가 들린다. 늘임표가 따라붙은 목소리다. 침묵. 이번엔 보영이 침묵을 깬다. "너 걔랑 아직도 사귀어?" 나는 아니, 한다. 보영은 "같이 서울 간다매…" 하고 푸스스 웃는다.

나는 보영의 말에 답하지 않는다. 이어지는 보영의 주절거림을 들으며 생각할 뿐이다. 역시 보영은 특별하다고. 보영이가 제일 재밌다고. 보영이랑 키스하고 싶다고. 역시 보영을 좋아하는 게 분명하다고.

○

그날의 내가 정말 보영을 좋아했을까? 그건 아무렴

상관없었다. 우리는 같은 구석에 놓여 있는 아이들이었고 함께 바닥을 뒹굴고 있었다. 그날의 나는 몰랐을 게 분명하지만, 지금의 나는 안다. 나는 수많은 보영이 덕에 오늘에 있다. 사람들이 나를 뭐라고 칭하든, 어떤 불운이 나를 스쳐 가든 보영이들만 있으면 괜찮았다. 그 애들은 진창에서도 나를 발견해줄 게 분명했다. 나 역시 그 진창이 얼마나 춥고 꿉꿉하든 간에 보영이들을 발견해줄 자신이 있었다. 나는 그 안에서 보영을 본다. 보영도 나를 본다.

나는 거기 없음

초판1쇄 2024년 9월 10일

지은이   곽예인
편집   김아영, 곽성하
디자인   이지선
제작   세걸음

펴낸곳   위고
펴낸이   이재현, 조소정
등록   2012년 10월 29일 제406-2012-000115호
주소   경기도 파주시 돌곶이길 180-38 1층
전화   031-946-9276
팩스   031-946-9277

hugo@hugobooks.co.kr
hugobooks.co.kr

ISBN
979
11
93044
19
3
03810